黒の執行は人全てを刈り取る
天池のぞむ
ill. KeG
キャラクター原案　郡司ネムリ

「執行完了《ざまあみやがれ》——」
Adel
アデル
黒衣の執行人、悪を断罪する

《刈り取れ》という命令でイガリマが対象にするのは、
敵対している者が神から授かった力。
即ち俺は、ゲイルが持つ【ジョブ】そのものを刈り取ったのだ。
「そんな、そんな馬鹿なァあああああああああっ!」
ゲイルは信じられないという表情を浮かべながら地面に膝をついた。
子供を道具だとでも思っているこいつには、
この言葉がお似合いだ。

《銀の林檎亭》の新たな日常
Tetty
テティ
「テティちゃんも分かりますか!? お花の素晴らしさが!」
「うん、綺麗だし可愛いと思う……けど」
どうやら可愛いもの大好きな
メイアのスイッチが入ってしまったらしい。
語る相手を見つけて嬉しくなったのか、
メイアはテティを抱きかかえながら
それぞれの花の説明をし始める。
すまんテティ。しばらく我慢してくれ。

黒衣の執行人は全てを刈り取る
天池のぞむ
ill. KeG
キャラクター原案　郡司ネムリ

口絵・本文イラスト：ＫｅＧ
キャラクター原案：郡司ネムリ
デザイン：ＡＦＴＥＲＧＬＯＷ

CONTENTS

プロローグ

「アデルよ。今日をもって貴様からは第七王子の地位を剥奪《はくだつ》する。二度と余の前に顔を見せるな！」

きらびやかな装飾《そうしょく》が施《ほどこ》された王の間にて。

俺《おれ》の父であり、一国の王であるシャルル・ヴァンダールが放った言葉は憤怒《ふんぬ》と侮蔑《ぶべつ》に満ちていた。

「どうしてですか父上⁉　そんな突然《とつぜん》……」

「どうして、だと？　貴様が授《さず》かったジョブ。それが原因であろうがアデル！」

シャルルの言葉は止まらない。

俺の授かったジョブが望んだものではなかった、王家には相応《ふさわ》しくないと。要約するとそういう趣旨《しゅし》の主張だった。

——この世界に住む者は、誰《だれ》もが神から「ジョブ」という力を授かる。

剣士《けんし》のジョブを授かった人間は身体能力が飛躍《ひやく》的に上昇《じょうしょう》し、魔導士《まどうし》のジョブを授かった人間は魔法を使うための魔力を宿すといった具合に。さらに自身の身に宿ったジョブに従い、特殊《とくしゅ》な剣技や魔法といった異能の力——《ジョブスキル》を行使できるようになる。

なぜ神は俺たち人間にジョブを授けるのか。それがいつからのことなのか。

「千年前にあった人間と魔族の戦争がきっかけだったのではないか？」というのが有力説だったが、真相は未《いま》だ解明されていない。

ただ一つ、はっきりしていることがある。

それは、授かったジョブで人に優劣《ゆうれつ》を付けようとする人間が一定数いるということだ。

俺の父シャルルに言わせれば、どのようなジョブを授かったかでその人間の価値は決まるのだという。

「貴様が使えんジョブを授かったことで、どれだけ余の顔に泥《どろ》を塗《ぬ》ったと思っているのだ！　王家の名を汚《けが》す裏切り者め」

「くっ……」

数あるジョブの中でも最高位の戦闘力《せんとうりょく》を持つと言われている【剣聖】——。これを代々輩出《はいしゅつ》してきたのがヴァンダール王家だ。

同名のジョブを授かったとしても扱《あつか》えるジョブスキルは個人によって異なることがある。王の家系に第七王子として生まれた俺もまた、兄上たちと同じように【剣聖】のジョブを授かり、そしてその中でも上位のジョブスキルを扱えるようになることを、周囲から期待されていた。

それなのに俺が授かったのは……、

【執行人《しっこうにん》】——。

そんな名前の、今までに聞いたことのない意味不明なジョブだった。

ジョブを授かった者はどのようなジョブスキルが使えるか試《ため》すことになるのだが、俺の場合はそれが王国兵との模擬戦《もぎせん》という儀《ぎ》で行われた。

その場において俺のジョブは何の能力も発揮することができず、シャルルに無能の烙印《らくいん》を押《お》されることになったのだ。

「役立たずのガラクタ」、「野垂《のた》れ死ね」――。そんなシャルルの言葉を容赦《ようしゃ》なく浴びせられる。

シャルルの怒声《どせい》が響《ひび》く王の間には、俺の兄上たちも揃《そろ》っていた。

彼《かれ》らは哀《あわ》れみの表情こそ浮《う》かべているものの、黙《もく》してその場にいるだけだ。どうやら父シャルルの怒《いか》りに触《ふ》れないよう静観するつもりらしい。

「我がヴァンダール王家に汚点《おてん》は残さん！　さあ、分かったら出て行け、アデルよ！」

「っ……！」

何度目かの罵倒《ばとう》で、シャルルが告げる。

王家としての威厳《いげん》が実の息子《むすこ》よりも大事なのか？　それとも、俺は父親の理想を叶《かな》えるための道具としか見られていなかったのか？　だから、もう不要だと……？

そんな考えが頭を埋《う》め尽《つ》くしていく。

シャルルに向けた反論の言葉を探していると、第一王子である長兄シグルスが寄ってきた。

崖《がけ》から落ちそうになっている弟を見かねて手を差し伸《の》べてくれるのだろうか。

一瞬《いっしゅん》そんなことを考えたが、それは的外れの期待だった。

「ほらアデル。父上をあまり困らせるな」

「兄上……」

困らせるな――。

シグルスのその言葉で察した。

ここに崖から落ちそうな人間を引き上げようとする者などいない。

いるのは、崖から突《つ》き落とそうとする者と、傍観《ぼうかん》する者。そして、自分が巻き込《こ》まれないよう、さっさと手を放せと勧《すす》めてくる者だけなのだ。

――ここまでか……。

俺は諦《あきら》めにも似た感情を抱《いだ》き、父――シャルル・ヴァンダールに頭を下げる。

「これまで、お世話になりました……」

それは、王族として過ごした時間に区切りをつけるための辞儀だった。

そして――。顔を上げてシャルルを目に捉《とら》えた時、不可解な現象が起こる。

＝＝＝＝＝＝＝＝＝＝＝＝＝＝＝＝＝＝＝＝
対象：シャルル・ヴァンダール
執行係数：７２５３１２ポイント
＝＝＝＝＝＝＝＝＝＝＝＝＝＝＝＝＝＝＝＝

そんな青白い文字列が俺の眼前に表示されたのだ。

――何だ、これは……？

気になる現象ではあったが、俺の問いに答えてくれる人はいない。

代わりにかけられたのは「早く出て行け」というシャルルの冷たい言葉だけだった。

＊＊＊

王家を追放された後の境遇《きょうぐう》は酷《ひど》いものだった。

まず試みたのは冒険者《ぼうけんしゃ》登録をすること。冒険者になれば魔獣《まじゅう》討伐《とうばつ》や薬草採取などの依頼《いらい》をこなしながら日銭《ひぜに》を稼《かせ》ぐことができる。

それに「人々の悩《なや》みを解決しながら生活の糧《かて》を得ることができる職業」という響きは、とても魅力《みりょく》的に見えた。

けれど、俺が冒険者になることは叶わなかった——。

本来ならば資格や家柄《いえがら》など関係なく、来る者拒《こば》まずであるはずの冒険者協会は、「罪を犯《おか》した者は例外」と、まったく心当たりのないことを理由に俺を受け入れてくれなかったのだ。

それが父シャルルの発表した「デマ」が原因だと知ったのは、すぐ後のことだった。

どうやら「アデル・ヴァンダールは父親に剣を向け、ヴァンダール王家の家宝を盗《ぬす》み出そうとした大罪人」と流布《るふ》したらしい。

そのせいで冒険者どころか、日銭を稼ぐための労働に就《つ》くことすらできなくなった。

行く当《あて》もなく、路銀を持たされることもなく追放され、金を得る術《すべ》すらも失って……。

——ある日は、ゴミ山から残飯を漁《あさ》った。

――ある日は、危険を承知で魔獣を狩《か》り、食べられるかどうかも分からない肉を腹に収めた。

――ある日は、雨水で喉《のど》の渇《かわ》きを潤《うるお》した。

――ある日は、日照りのため雨水すらも見つけられず、雑草を噛《か》み締《し》めて水分を補給した。


およそ人間的な暮らしとは程遠い日々を過ごす中で、俺はある「願い」を持つに至る。

「こんな理不尽《りふじん》をぶっ壊《こわ》せるだけの力が欲《ほ》しい」と。


――そしてある日、転機が訪《おとず》れる。


「おいニイちゃん。人のシマで何やってんだ？」

裏路地のゴミ捨て場で残飯を漁っていたところ、目つきの悪い三人組に声をかけられた。

腕《うで》にはある筋で有名な盗賊団《とうぞくだん》のタトゥー。快楽的な殺人や強盗《ごうとう》などを平然と行っていたとして、一年前に解体されたはずの盗賊団を示すものだった。

「アニキ、こいつアレじゃないですか？　王家を追放されたっていう例の……」

「ん？　確かに見た目は少し変わっちまってるが、そうみてぇだな」

男たちは言葉を交《か》わし、その後で何かを思い付いたように顔を見合わせた。

「ちょうどいいや。第七王子様には借りもあるからなぁ」

「借り……？」

「お前、王家にいた頃《ころ》、ウチの盗賊団を解体するための部隊を組織しようって提言したらしいじゃねえか」

「……」

確かに、そんなことがあったのは覚えている。

盗賊団は解体されたが、一部の残党が逃《に》げ延びたということも。

「オレたちは逃げられたが、お前の下らねぇ正義感のおかげで肩身《かたみ》の狭《せま》い思いをしてるってわけだ。だからよ、借りを返すついでにコイツの試し斬《ぎ》りをさせてもらうとするぜ」

男の一人がそう言って何かを取り出す。

それは、盗賊団には似つかわしくない荘厳《そうごん》な造りの剣だった。

「コイツはある貴族の屋敷《やしき》から盗んできた宝剣でよう。世界で一番硬《かた》いオリハルコンで加工したものなんだとさ。きっと楽にあの世へ行けると思うから、それで勘弁《かんべん》してくれや」

男が一歩、二歩と距離《きょり》を詰《つ》めてきて、俺は何か寒気のようなものを感じ始める。

たぶんそれは、明確な死の予兆だった。

——俺は、ここで死ぬのか……？　何もできずに……？

そうして、男が斬りかかってくるのを防ごうとしたのかは自分でもよく分からない。

ただ、青白い文字列が表示されたことと、こんな理不尽を打ち砕《くだ》く力が欲しいと願ったのは覚えている。

「な、な……」

男が切羽詰《せっぱつ》まった声を漏《も》らす。

見ると、男が握《にぎ》っていたはずの剣の刀身が途中《とちゅう》で無くなっていた。

「せ、世界一硬いオリハルコンの剣が……。って、お前、何だそりゃあ⁉」

「……は？」

訳の分からないことを言われ、ゆらりと男の顔に視線を向ける。

「に、逃げろ！　きっとコイツのジョブスキルだ！　オリハルコンを斬る武器を召喚《しょうかん》するなんざ、尋常《じんじょう》じゃねえ！」

その言葉を合図に、男たちは蜘蛛《くも》の子を散らしたように逃げていく。

「何、が……？」

気付くと、俺の手にはあるものが握られていた。

それは、漆黒《しっこく》の大鎌《おおがま》だった。

突然現れたその武器は黒く禍々《まがまが》しい気配を放っている。

もしかして、この大鎌が盗賊の手にしていた剣を斬ったのだろうか？

――しかし、こんな大鎌を一体どこから……？

疑問が解消されないまま、立て続けに不可思議な現象が起こる。

困惑《こんわく》する俺の目の前には、追放された時に見た青白い文字列が表示されていたのだった。

＝＝＝＝＝＝＝＝＝＝＝＝＝＝＝＝＝＝＝＝＝＝＝＝＝＝＝＝＝＝＝

執行完了《かんりょう》を確認《かくにん》しました。

執行係数９４８３ポイントを加算します。

累計《るいけい》執行係数：９４８３ポイント

＝＝＝＝＝＝＝＝＝＝＝＝＝＝＝＝＝＝＝＝＝＝＝＝＝＝＝＝＝＝＝

1章　黒衣の執行人《しっこうにん》

「――さま。……アデル様」

「ん……。ああ。メイアか、おはよう」

まどろみから覚めると、侍女《じじょ》のメイアが覗《のぞ》き込《こ》んでいた。

どうやら寝《ね》てしまっていたらしい。

王家を追放されてから二年は経《た》つというのに、まだあの頃《ころ》のことは忘れられないようだ。

「おはよう、ではありませんよアデル様。まだお店にお客様がいらっしゃるんですからね」

「と言ってもな。今日は暖かくて気持ちがいいし」

メイアはわざとらしく頬《ほお》を膨《ふく》らませているが、若干《じゃっかん》の幼さを残す顔でそれをやられても愛嬌《あいきょう》が増すだけだ。

身にまとった給仕《きゆうじ》服は小柄《こがら》ながらも凛《りん》とした雰囲気《ふんいき》を持つメイアによく似合っていたし、横にまとめた銀髪《ぎんぱつ》もメイアの可愛《かわい》らしさを強調している。

「お疲《つか》れのようですね。昨日も『仕事』をなさっていましたから無理はないかもしれませんが……」

「まあ、そうだな……」

メイアは、俺《おれ》が王家を追放された後に出会った少女だった。

時期としては俺が盗賊団《とうぞくだん》に襲《おそ》われたすぐ後になる。

出会った経緯《けいい》を一言で語ることなどとてもできないが、このメイアとの出会いが今の状況《じょうきょう》を作ったことは間違《まちが》いない。

今では俺が表向き経営する酒場――《銀《ぎん》の林檎亭《りんごてい》》の看板娘《むすめ》をやってくれている一方で「もう一つの仕事」に関しても手伝ってくれていた。

「どうしました？　アデル様」

「いや、何でもないよ」

出会った頃のことを思い出していたのが顔に出ていたのだろうか？

メイアが首を傾《かし》げる一方で、俺はカウンター上の籠《かご》へと手を伸《の》ばし、赤い果実を掴《つか》んだ。

――シャリ、と。

やっぱり眠気《ねむけ》覚ましはこいつに限る。

好物の林檎《りんご》を齧《かじ》りながら酒場の様子を眺《なが》めると、常連客の冒険者《ぼうけんしゃ》が二人と、女性客が一人いるくらいだった。お世辞にも繁盛《はんじょう》しているとは言えない。

メイアが手際《てぎわ》よく配膳《はいぜん》や酒の提供をしてくれるので、やっぱり起きていてもやることは無さそうだった。

そうして少し時間が経ち、女性客がカウンターの方へとやって来る。

それは端整《たんせい》な顔つきをした少女で、無骨な冒険者が集まる酒場には少し……いや、かなり不釣《ふつ》り合いな気がした。

「お勘定《かんじょう》、お願いします」

「……む」

――ゴルアーナ金貨が一枚、シドニー銀貨が十二枚、ブロス銅貨が七枚。

本来、酒場での会計で使うのはせいぜい銀貨までで、金貨が用いられることなどまず無い。

だから、少女が置いたそれらの硬貨《こうか》は飲食の代金として支払《しはら》われたものではなく、ある符丁《ふちょう》を意味している。

即《すなわ》ち、「仕事」の合図だった――。

俺は酒場にいた常連客の二人に向けて声をかける。

「そこのお二人さん。悪いが今日はもう店じまいだ」

「……あいよ」

突然《とつぜん》退店するよう求められたのに、常連客の二人は異を唱えるでもなく席を立った。

「すまないな」

「なぁに、良いってことよ。マスターにはいつも世話になっているんだから。それに――」

常連客の男がカウンターに銀貨を一枚置き、酒場の入り口へと向かっていく。

「アンタがいなけりゃ、俺たちはこうして呑気《のんき》に酒なんて飲んでいられなかっただろうからな」

「……」

常連客の二人はメイアに見送られ、ほろ酔《よ》い気分を土産《みやげ》に酒場を出ていった。

「それじゃ、奥《おく》の部屋へどうぞ」

「は、はい」

律儀《りちぎ》にも常連客へと頭を下げていた少女に声をかけ、カウンター後ろの別室へと案内する。

――パタン。

酒場の施錠《せじょう》を終えたメイアも部屋に入ってくる。そして、俺に準備オーケーとの視線を寄越《よこ》した。

さて、ここからは「もう一つの仕事」の時間だ。

俺は一つ息を吐《は》き出し、ソファーに座《すわ》らせた少女と目を合わせる。

少女はやや緊張《きんちょう》しているのか、一度二度と深呼吸をしてから話し始めた。

「私、リリーナ・バートリーと言います。ある人物への《執行》をお願いしたくて来ました」

少女改めリリーナは真剣《しんけん》な眼差《まなざ》しを向けていて、俺は少しだけ昔のことを思い出していた。


この世は理不尽《りふじん》に満ちている――。


それは、俺が王家を追放されてからの日々で実感したことだ。

理不尽を生み出すのは多くの場合、人だ。もっと言ってしまえば、「他人を崖《がけ》から突《つ》き落とし、自分の安寧《あんねい》を保とうとするクソ野郎《やろう》ども」のせいで理不尽は生まれる。

そして、そんな風に崖から突き落とされた人間がどういう境遇《きょうぐう》に陥《おちい》るのかを俺はよく知っていた。

だから、決めたのだ。

クソ野郎どもが生み出す世界の理不尽。それを駆逐《くちく》する《復讐《ふくしゅう》代行屋》を営むことを。

理不尽に晒《さら》された人間の怨《うら》み、無念、悔恨《かいこん》。そういったものを担《にな》い、理不尽への反逆という復讐を請け負《う》うことを。

「どうか、お願いします。もうあなたしか頼《たよ》れる人がいないんです。最強の……、《黒衣の執行人》と謳《うた》われる、あなたしか――」

目の前のリリーナが懇願《こんがん》するように訴《うった》えかけてくる。その瞳《ひとみ》には、抗《あらが》いたいという意志が宿っているように感じた。

――さて、今回はどんなクソ野郎が相手かな。

そうして俺は今回の依頼者《いらいしゃ》の話を聞くことにした。

「実は先日、私の父親から家を出ていけと言われてしまって……」

「……なるほど」

今回話を持ちかけてきた依頼人、リリーナは神妙《しんみよう》な様子で話を続けていた。

まあ、よくある話だ。

それが第一印象だった。

「ずっと一緒《いっしょ》にやってきた冒険者パーティーから追放された」、「骨身を削《けず》って働いてきたギルドから解雇《かいこ》された」、「生まれ育った実家の屋敷《やしき》から追い出された」等々。

「誰《だれ》それに理不尽な理由で追放されて困っている」という類《たぐい》の話は俺の元に寄せられる依頼の中でも特に多いものだ。

この世界が腐《くさ》っている、とまでは思わないが、こういう話を生み出す連中は腐っていると思う。

聞けばリリーナは貴族の家系に生まれ育ったのだという。つまり、父親――屋敷の当主から追い出されたということなのだろうが……。

「リリーナさんが実家から追放された、というのはどうしてなのでしょう？」

俺の横に控《ひか》えていたメイアがリリーナに向けて尋《たず》ねる。

「それは、私の授《さず》かったジョブが【テイマー】だったからです」

「テイマー？　あの動物や魔獣《まじゆう》を使役《しえき》するジョブですか？」

「はい。そのジョブを授かった当日に追放されました。使えないジョブを授かる裏切り者は出ていけ、と」

「……」

何だか身に覚えのある話だ。

「でも、テイマーと言えばそこまで不遇《ふぐう》な扱《あつか》いを受けるジョブだとは思えませんが？」

「メイアの言う通りだ。それに、見たところ君のテイマーとしての腕前《うでまえ》は確かなものだろう」

「え……？　そんなことが分かるんですか？」

「ああ。この仕事で色んな人間を相手にしてきたからな。所作なんかを見ればジョブについてもおおよその力量は見当がつく。君が相当な手練《てだれ》だってことも」

「い、いえ……。私なんてそんな……」

リリーナは謙遜《けんそん》して手を振《ふ》っているが、俺は構わず話を続けることにした。

「だからこそ分からないな。何故《なぜ》テイマーのジョブを授かったからといって、リリーナが家を追い出されなければならない？」

「父は自分の子供が剣士系のジョブを授かることを期待していたんです。そのため過度な鍛錬《たんれん》を課されることも多く……」

「それは何故？」

「自分の編み出した素晴《すば》らしい剣技を継《つ》がせたいからと」

「要はリリーナが父親にとって理想のジョブを授かれなかったと。そんな理由で追放されたのか？」

「はい……」

俺は心の中で舌打ちする。

クソ親が。子供を道具だとでも思っているのか。

「その父親、腐ってますね。アデル様」

メイアも同じ憤《いきどお》りを感じたのか、俺の隣《となり》でそんな言葉を漏《も》らす。

話を掘《ほ》り下げて聞いたところ、リリーナには七人の弟や妹がいるらしい。だいぶ数が多いなと思ったが、リリーナの話を聞いて察した。

リリーナの父親は自分の発明した剣技を子供に継がせるため、剣士系のジョブを求めている。

神から授かるジョブについては、その人間がどのようなことを行ってきたかという後天的な要素も影響《えいきよう》すると言われている。が、基本的には運だ。

要するに、神からジョブを授かる現象はある種のくじ引きに近い。だから、手数をなるべく増やしたかったのだろう。

リリーナの父親にとって、子供はくじを引くための引換券《ひきかえけん》というわけだ。何だか考えただけで吐き気がしてくる。

「このままでは――」

リリーナが伝えようとした言葉を遮《さえぎ》ったのは、彼女《かのじょ》自身の涙《なみだ》だった。

「うっ……、くっ」

メイアが心配してリリーナの側《そば》に寄り添《そ》うが、それでも彼女の瞳からは涙がこぼれ続ける。

単に屋敷を追い出されたから、というだけではなさそうだ。

「ご、ごめんなさい。私……」

「気にするな。話せるようになったらで構わない」

リリーナは俺の言葉を受け取ると、何度か頷《うなず》き息を整える。

そうして、リリーナは自身が抱《かか》える問題を吐露《とろ》してくれた。

「お願いします！　このままでは、弟や妹たちの命が危ないんです！」

「命が？　どういうことだ？」

「父は、私を追放する時に言ったんです。『やり方が生温《なまぬる》かった。今度は命を懸《か》けてもらわなければな』と……」

「……なるほど」

「父が本当にその気なら、死んでも構わないという考えで鍛錬を課しているはずです。そんなものに、まだ幼いあの子たちが耐《た》えられるとは思えない。だから……」

リリーナはその言葉の後に「父を止めてほしい」と続けた。

俺はその想《おも》いを咀嚼《そしゃく》して、リリーナに問いかける。

「一つ確認《かくにん》したい。仮に俺がリリーナの父親をどうにかしたとして、君は弟や妹たちの将来に責任が持てるか？」

「はい。誓《ちか》って」

即答《そくとう》だった。

「……分かった。この依頼、請け負おう」

「あ、ありがとうございます……！」

俺の執行人のジョブスキルもリリーナには反応しないようだし、信じるには値《あたい》するだろう。何より、実の子を道具のように扱う親を野放しにはできない。

メイアも同じ気持ちだったのか、俺と目を合わせるとしっかり頷く。

「でも、アデルさん。具体的にはどうするんですか？」

「ああ。今回の話はリリーナの父親が元凶《げんきょう》だ。そしてどうやら自分の力に心酔《しんすい》しているらしい。ならば、その力がそこまでのものではなかったと理解させるのが一番てっとり早い」

「なるほど……。しかし大丈夫《だいじょうぶ》でしょうか？　話を持ちかけた私が言うのもなんですが、父は剣士系ジョブの中でも上級ジョブとされる【精霊剣士《せいれいけんし》】を授かっていて……」

「ふふ。大丈夫ですよ、リリーナさん。アデル様にとっては造作もないことですから」

心配そうにしているリリーナとは対象的に、メイアが自信満々の笑《え》みを浮《う》かべている。

「まあ、依頼人に安心してもらうのも大事なことだからな。見てもらうとするか」

「見るって、何をですか？」

「リリーナ。君の父親の名前を教えてくれるか？」

「え？　えっと、ゲイル・バートリーです」

困惑《こんわく》しているリリーナをよそに立ち上がり、俺は右腕を前方へと突き出した。

そして念じると、そこには青白い文字列が表示される。

＝＝＝＝＝＝＝＝＝＝＝＝＝＝＝＝＝＝＝＝＝＝
対象：ゲイル・バートリー
執行係数：１０９５９ポイント
＝＝＝＝＝＝＝＝＝＝＝＝＝＝＝＝＝＝＝＝＝＝

——執行係数が一万オーバーか。やっぱり今回の相手は中々のクソ野郎だな。

俺の前に表示された《執行係数》とは、「対象を見る」もしくは「名前を念じる」ことで表示されるものだ。

何度も試行した経験から、この執行係数の数値が高い者ほど悪行を重ねてきた傾向《けいこう》にある。一万を超《こ》えるとなると他人の生活や生命を脅《おびや》かす程の悪人だ。

反面、悪行と縁《えん》のない者は執行係数が表示されない。

かつて俺が王国兵との模擬《もぎ》戦でジョブスキルの使用を試みても、何も起こらなかったのはそのためだった。

「……」

俺が神経を集中させると、突き出した右腕を中心に黒い靄《もや》のようなものが発生し始める。

それを見たリリーナが目を見開き、声を漏らした。

「これは、魔力……？　それも、可視化できるほどの強力な……」

この世のものとは思えない禍々《まがまが》しいまでの力が集約されていく。

そして――、

「なっ……」

俺の右腕には身の丈《たけ》ほどはあろうかという大鎌《おおがま》が握《にぎ》られていた。

《魔鎌《まれん》・イガリマ》――。

俺のジョブスキルによって生み出される漆黒《しっこく》の大鎌。対象の執行係数に応じて力を発揮する俺の愛用武器だ。

今回の対象はそれなりに執行係数が高く、イガリマは黒々とした魔力を帯びていた。

「す、凄《すご》い……。これがアデルさんの扱う武器……」

「ふふ。リリーナさんも彗眼《けいがん》でいらっしゃいますね。アデル様の武器をひと目見て、その凄さを感じ取るとは」

「ええ……。この武器が普通《ふつう》じゃないってことは分かります。魔力を宿した武器は私も今までに見たことがありますが、そのどれとも比べ物になりません。ここまでのものは見たことが……」

「まあ、アデル様の力はこんなものじゃないんですけどね」

「え……」

さて、依頼人に信頼《しんらい》してもらうためのお披露目《ひろめ》はこのくらいでいいだろう。

俺がジョブスキルを解除すると大鎌は消失する。

「ということで、今からリリーナの父親の所へ乗り込もうと思うんだが、いいかな？　あ、別に殺すとかはしないから」

「は、はい！　お願いします！」

「それじゃメイアも準備してくれ」

「はい。アデル様の仰《おお》せのままに」

メイアは俺の呼びかけに応じ、スカートの裾《すそ》を摘《つま》んでお辞儀《じぎ》する。

「え、メイアさんも行くんですか？　危険では……？」

「ご心配には及《およ》びません。私はアデル様ほどではありませんがそれなりに強いですから。それに、私はアデル様のためなら何だってやりますよ」

「……す、凄いですね」

「私はかつてアデル様に命を救っていただいた身です。だからアデル様に全《すべ》てを捧《ささ》げようと、そう決めたのです」

「そう、ですか……」

メイアは実ににこやかな笑みを浮かべている。そこまで言われるとくすぐったいが。

今ここで俺とメイアの関係全てを語る必要は無いだろう。

「アデル様、こちらを」

「ああ、ありがとう」

俺はメイアが準備してくれた黒衣を受け取る。

それは一見すると黒い外套《マント》のようではあるが、ブラッドスパイダーという魔獣の生み出した魔糸で編まれた特殊《とくしゅ》な代物《しろもの》だ。身に纏《まと》った者の姿だけでなく気配を認識させにくくする効果がある。

今では執行の際に着用するローブだが、俺にとっては特別な意味を持つものでもあった。

ローブに袖《そで》を通し、俺はリリーナに向けて尋ねる。

「一つ確認なんだが。リリーナの家名……『バートリー』で間違いないな？」

「え？　ええ……」

「そうか。分かった」

――あのバートリー家か。なら今回の話は俺にとっても無関係じゃないな。

俺は心の中で呟《つぶや》き、傍《かたわ》らに置いてあった籠から林檎を取り出して口を付ける。

バートリー家。

それは、かつて俺が追放された、ヴァンダール王家と親しくする貴族の名だった。

＊＊＊

「おい、誰が休んでいいと言った！　剣の素振《すぶ》り残り五百回！　それが終わるまで寝ることは許さんぞ、お前ら！」

バートリー家の中庭にて。

当主であるゲイル・バートリーは極《きわ》めて不機嫌《ふきげん》だった。

つい先日、バートリー家の長女であったリリーナが剣士系のジョブを授かれなかったからだ。

自身の編み出した素晴らしい剣技を子供に継がせ、王家とのパイプをより強固なものにしようとしていたが、リリーナが授かったのは剣を扱うジョブとは無関係のもの。

時間と金をかけ育ててきてやったのに何という恩知らずだと呪《のろ》い、ゲイルはリリーナを裏切り者としてバートリー家の屋敷から追放していた。

「どうした！　そんなことでは私の編み出した剣技を授かることはできんぞ！」

手が止まっていた七人の子供たちに向け、ゲイルの容赦《ようしゃ》ない恫喝《どうかつ》が放たれる。

「し、しかし手の皮が剥《む》けて、もう……」

「父上、せめて水を飲ませてください……」

子供たちは口々に酌《しやくりよう》量を求めるが、それがゲイルの逆鱗《げきりん》に触《ふ》れる。

「ええい、私に口答えをするな！　お前らはただ黙《だま》って剣を振っていればいいのだ！　私の編み出した素晴らしい剣技を受け継ぐためにな！」

ゲイルが剣の素振り五百回の追加を命じると、子供たちの顔には絶望の二文字が浮かんだ。

ゲイルは庭園に備え付けられた椅子《いす》にふんぞり返る。そして侍女に用意させた果実酒を片手に、もう一方の手で握っていた獣肉にかぶりつき腹を満たした。

当然、子供たちには剣の素振りを終えるまで食事が許されていない。

これがバートリー家の日常だった。

「それにしてもリリーナめ。私の剣技を受け継げないジョブを授かるとは。とんだ期待外れだったわ」

今度は果実酒を飲み干し、ゲイルは呟く。

まあいいと、ゲイルは思った。

神からジョブを授かるための「弾《たま》」はまだある、と。

自分が編み出した剣技を継がせ、その人間を王家に提供することができれば、自身の更《さら》なる安寧は約束されている。

そのために子供たちを死なない程度に追い込む。いや、むしろ死んだところで弾は新しく作れば良い。

それは躊躇《ちゅうちょ》を挟《はさ》む余地などない、ゲイルの中では当然の考えだった。

「あっ……！」

剣の素振りをしていた者の内、一番幼い子供が思わず声を上げる。

素振りによってボロボロになってしまった手のあまりの痛みに、握っていた剣を落としてしまった。

十にも達していない年頃の子供にとって、ゲイルの命じた鍛錬はあまりに過酷《かこく》すぎたのだ。

しかしゲイルは、それを気持ちの緩《ゆる》みによるものだと決めつける。椅子から立ち上がり、その子供の元へズカズカと歩き出した。

「この軟弱者《なんじやくもの》がぁ！」

「ひっ――！」

ゲイルは制裁のために拳《こぶし》を勢いよく振り下ろす。

小さな子供だ。その拳が頭部に当たれば死んでもおかしくなかったが、リリーナの件で苛立《いらだ》っていたゲイルにとってそんなことはどうでも良かった。

――ゴッ！

しかし、その振り下ろされた拳は子供には届かず、代わりに別のものを叩《たた》く。

それは子供とゲイルの拳の間に差し出された漆黒の大鎌だった。

「な、何だ貴様は――⁉」

「どうも」

ゲイルは驚《おどろ》き、目を見開く。

自分が振り下ろした拳を侵入者《しんにゆうしや》に受け止められたから、というだけではない。

侵入者の青年は片手で差し出しただけの鎌で軽々と、しかも余裕《よゆう》の表情でゲイルの拳を受け止めていたからだ。

「ま、まさか、貴様は……」

ゲイルは思考を巡《めぐ》らせ、黒い衣服を身に纏い漆黒の大鎌を操《あやつ》るという人物について思い当たる。

噂《うわさ》に聞いたことがある程度だったが、特徴《とくちょう》的なシルエットから確かこう呼ばれていたはずだ。

「黒衣の執行人……」

ゲイルが呟いたその言葉には焦《あせ》りの色が満ちていた。

＊＊＊

「やれやれ」

俺は後退《あとずさ》りしたゲイル・バートリーを見ながら、魔鎌《まれん》イガリマを肩《かた》に抱えた。

それから子供の方へと振り返る。

「……」

見ると、痛々しく手の皮が擦《す》りむけていた。

日々、ゲイルから折檻《せっかん》を受けていたのだろう。体の所々に殴打《おうだ》されたような痕《あと》も見受けられる。

「クソ親を持って大変だったな。ほら、あのお姉ちゃんの所に行ってな」

「う、うん」

心の中にチリチリとした感情が湧《わ》き上がるのを抑《おさ》えつつ、俺は立ち上がらせた子供をメイアの方へと送り出した。

メイアとリリーナが他の子供たちを集め、俺の目の前にはゲイルだけが残る。

「こ、黒衣の執行人め。話には聞いたことがあるぞ。どんな能力の持ち主か知らんが、正義の英雄《えいゆう》気取りで暗躍《あんやく》しているらしいな」

「別に俺は正義の英雄なんか気取っちゃいない。周りが勝手に言っているだけだろう。俺は理不尽なことが嫌《きら》いなだけだ」

ゲイルは俺を睨《にら》みつけてくるが、足がかすかに震《ふる》えているようだ。

「それよりアンタ、さっきあの子を本気で殴《なぐ》ろうとしたな?」

「それがどうした? 子は親のものだ。私がどう躾《しつけ》をしようと勝手だろうが」

「下手すりゃ死んでた」

「だからそれがどうした?」

「……」

ゲイルは悪びれず、肩をすくめていた。

倫理観《りんりかん》を失った屑《くず》に人間の常識を求めるのは無駄《むだ》かもしれないが、念のため聞いてみる。

「アンタは自分の子供に対する態度を改める気はないか?」

「なるほど。貴様は私の行いが気に食わんらしい。しかし、私は貴様に屈《くっ》するつもりなど無いぞ。それでも不服なら力付くでやってみるか? もっとも、神から上級ジョブを授かった私が負けるなど有り得んがな!」

「……そうか。それがアンタの考えなんだな」

＝＝＝＝＝＝＝＝＝＝＝＝＝＝＝＝＝＝＝＝＝＝＝＝

対象：ゲイル・バートリー

執行係数：11631ポイント

＝＝＝＝＝＝＝＝＝＝＝＝＝＝＝＝＝＝＝＝＝＝＝＝

執行係数を確認したが下がっていない。

ゲイルに反省の色は無く、改める気もないということだ。いや、むしろ酒場で見た時より数値が上昇《じょうしょう》している。

このままゲイルを放置すればリリーナの弟妹の犠牲《ぎせい》は免《まぬが》れないだろう。

なら、やるべきことは一つだ。

「フンッ！」

ゲイルは腰《こし》に携《たずさ》えていた剣を抜《ぬ》くと、自身の力を誇示《こじ》するかのように地面へと向けて一撃《いちげき》を放った。

地面に大穴ができたところを見ると、確かにゲイルの剣の腕はそれなりなのだろう。

「どうだっ！　これでも私とやるか⁉」

「関係ないね」

俺のその言葉が癪《しやく》に障ったらしい。

ゲイルは青筋を立てながら、手にした剣をきつく握りしめた。

「この偽善者《ぎぜんしや》が。我がバートリー家に踏《ふ》み入ったことを後悔《こうかい》させてくれる！　風の精霊よ、私に力を貸せ！　《風精霊の加護《シルフィード》》――――！」

ゲイルが叫《さけ》ぶと、辺りに強風が吹《ふ》き荒《あ》れる。そしてゲイルはその風を利用し、俺を中心に旋回《せんかい》し始めた。

どうやら後方に風を噴射《ふんしや》し、反作用で動く速度を速めているようだが……。

俺は身動きせず、ゲイルの動きを目だけで追う。

「フハハハ！　これが精霊の加護を受ける私のジョブスキルだ！　あまりのスピードに付いてこれんようだな！」

違う。

あまりに遅《おそ》すぎるんだ。

確かに精霊の加護を力にして戦う【精霊剣士】というジョブは強力だ。今、ゲイルが風の精霊の加護を受けているというのも事実だろう。

しかし、扱う者の実力が伴《ともな》わなくてはジョブスキルも真価を発揮できないものだ。

その時、俺の胸の内にあったのはゲイルに対する嘲《あざけ》りなどではない。こんな奴《やつ》のために子供たちは苦しめられていたのかという怒《いか》りだった。

「そしてこれが、精霊の加護と合わせ編み出した剣技――疾風《しつぷう》剣っ！　その身で喰《く》らうがいい！」

ゲイルは捉《とら》えたと思ったのだろう。勝ち誇《ほこ》った笑みを浮かべ俺の側面から剣を振り下ろしてくる。

しかし――。

――ギィンッ！

「な、何だと!?」

俺がイガリマで剣を受け止め弾《はじ》くと、ゲイルは後方へと吹き飛ばされた。

よろめきながら立ち上がったゲイルは、引きつった笑みを浮かべている。

「フ、ハハ……。どうやらマグレというのはあるらしいな。しかし、二度は無いぞ！」

俺との距離《きょり》を詰《つ》め、今度は連続で攻撃《こうげき》を仕掛《しか》けてくるゲイル。

しかし、俺がそれらの攻撃を躱《かわ》すたびにゲイルの表情は険しくなっていった。

「二度は無いと言ったな。じゃあ五回も六回も続くのはどういうことだ？」

「ば、馬鹿《ばか》な……。なぜ攻撃が当たらない!?」

ゲイルが息を切らす中、こちらを遠巻きに見ていたメイアとリリーナが言葉を漏らす。

「す、凄い。アデルさんの動き、私も目で追うのがやっとです。あんなに疾《はや》いなんて……」

「ああ、リリーナさん。アデル様は全然本気出してないですよ。様子を見ているだけだと思います」

「えっ……？」

その会話が聞こえたのか、ゲイルの表情がより一層険しいものになる。

「理解したか？　アンタの編み出した素晴らしい剣技とやらが、いかに伝える価値の無いものかってことを」

「み、認めん……。認めんぞっ！　この世界ではジョブの力こそが全てのはず。私は【精霊剣士】という上位ジョブを授かった選ばれし存在なのだ。王家にも評価された私のジョブが後《おく》れを取るなど、有り得んのだ！」

「……」

認めない。いや、認められない、か。

俺はゲイルの言葉を聞いて短く嘆息《たんそく》した。

「ジョブの力こそが全て、か。なら俺がジョブの力を使っても文句ないな？」

「使ってみるがいい！　貴様のジョブが私の【精霊剣士】に勝《まさ》るなど、あるはずがない！」

「オーケー」

冷静さを欠いたのか、ゲイルは芸もなく突進してきた。

俺は肩に担《かつ》いでいたイガリマを眼前に下ろし構える。

漆黒の大鎌。

命令に応じて力を発揮するその武器が、黒い魔力を帯びていく。

「《刈《か》り取れ、イガリマ》――」

俺は漆黒の大鎌に命じ、突っ込んできたゲイルに向けて振り下ろした。

――ギシュッ。

金属をすり潰《つぶ》したような音が響《ひび》く。

俺が大鎌を振り終えた後で、ゲイルは無事を確認するかのように体のあちらこちらを手で触《さわ》って

いた。

「ハ、ハハ……。脅《おど》かしおって。直撃したかと思ったが、何ともないではないか！　その鎌は見かけ倒《だお》しのようだな」

「……」

「今度こそ貴様の首を断《き》り落としてくれる！　いくぞ、《風精霊の加護《シルフィード》》――！」

ゲイルは再び精霊剣士のジョブスキルを発動しようとして、そこで異変に気付いたようだった。

「《風精霊の加護《シルフィード》》！　《風精霊の加護《シルフィード》》っ！　な、何故だ……!?　何故、ジョブスキルが発動しない!?」

「お望み通り、俺も力を使わせてもらった」

「な、何だと？」

「この鎌はな、物理的に斬るだけの代物じゃない。俺の命令に応じて斬る対象を変えられるのさ」

「そんな能力、聞いたことが……」

《斬り裂《さ》け》という命令であれば人体などの物理的なものを、《断《た》ち切れ》であれば人体を傷つけずにその者を束縛《そくばく》しているものだけを、《消し去れ》であれば周囲の気体などを、といったようにイガリマが斬れる対象は多岐《たき》にわたる。

そして、俺が先程《さきほど》イガリマに命じたのはそれらのどれでもない。

「で、では、貴様が対象としたのは……、まさか……」

「お察しの通りだ。アンタが自慢《じまん》気に誇っていたジョブの力はもう二度と発動しない」

《刈り取れ》という命令でイガリマが対象に取るのは、敵対している者が神から授かった力。

即ち俺は、ゲイルが持つ【ジョブ】そのものを刈り取ったのだ。

「そ、そんな馬鹿なこと、が……。あ、有り得ん！」

「嘘《うそ》だと思うなら試《ため》してみろ」

「し、《風精霊の加護《シルフィード》》っ！　《風精霊の加護《シルフィード》》！」

ゲイルはそれから何度もジョブスキルの使用を試みて連呼するが、声が虚《むな》しく響くだけだ。ゲイルの言葉は徐々《じょじょ》に弱くなり、それはまるで神に祈《いの》るかのような姿だった。

しかし、無駄だ。神がその祈りに応《こた》えることはもう無い。

「わ、私の……。神に認められたはずのジョブが……？　そんな、そんな馬鹿なァあああああああっ！」

――ドサッ。

ゲイルは信じられないという表情を浮かべながら地面に膝《ひざ》をつく。

焦点《しょうてん》の定まらない様子で何事かを呟いていたようだったが、その声は聞き取れなかった。

自分の拠《よ》り所だった力を失って呆《ほう》けているらしい。

俺はそんな執行対象に向けて一声かけてやった。

「執行完了《ざまあみやがれ》――」

＊＊＊

「こ、これは……？」

俺は半ば放心状態のゲイルに対し、一枚の巻物《スクロール》を差し出した。

その巻物はイガリマに似た黒い魔力を帯びている。

「中身に目を通せ」

ゲイルは綴《つづ》られた文字に目を通していく。

そこには、バートリー家の家督《かとく》をリリーナに譲《ゆず》り、今後一切ゲイルから子供たちには干渉《かんしょう》しないこと、執行人の詳細《しょうさい》については秘匿《ひとく》すること等々の条文が記載《きさい》されていた。

「これは俺のジョブスキルで生み出した魔術誓約書《せいやくしょ》だ。これに署名しろ」

「そんなッ！　私が半生をかけて築いてきた地位をリリーナなんぞに……！」

「ん？」

「あ、いえ……」

この期《ご》に及んで納得《なっとく》がいっていない模様だ。

仕方ない。念には念を入れておくか。

＝＝＝＝＝＝＝＝＝＝＝＝＝＝＝＝＝＝＝＝＝＝＝＝＝＝
累計《るいけい》執行係数：４０４８７ポイント

執行係数5000ポイントを消費し、《魔獣召喚《しょうかん》》を実行しますか？

＝＝＝＝＝＝＝＝＝＝＝＝＝＝＝＝＝＝＝＝＝＝＝＝＝＝＝＝＝

俺の持つ【執行人】には三つの能力がある。

一、他人のジョブを刈り取る鎌を召喚するジョブスキル《魔鎌《まれん》・イガリマ》の使用。
二、「対象を見る」もしくは「名前を念じる」ことで相手の執行係数を確認することができ、執行が完了すると対象の執行係数を会得《えとく》・蓄積《ちくせき》する。
三、蓄積した執行係数を消費し、イガリマで刈り取ったことのあるジョブのジョブスキルを使用する。

今は三つ目のジョブスキルを使う。

このジョブスキルは執行係数を消費する代わりに、イガリマを召喚せずとも使用可能な上、状況に応じて様々な力を行使できる。先程、俺が生み出した魔術誓約書も過去に刈り取ったことのあるジョブの能力を使用したものだ。

俺は青白い文字列の内容を承諾《しょうだく》し、念じた。

「魔獣召喚、ヘルハウンド——」

「へ……？」

——グルゴァアアアア！

俺が右手に力を込めると巨大《きょだい》な黒狼《ヘルハウンド》が現れる。

人の数倍はあろうかという体躯《たいく》のそいつは、俺の脇腹《わきばら》に懐《なつ》っこく頭を擦《こす》った後、ゲイルの方には獰猛《どうもう》な牙《きば》を向けた。

「ヒ、ヒィッ！　なんだこいつは……」

「こいつはヘルハウンド。俺のジョブスキルで召喚した魔獣だ」

「しょ、召喚した……？　こんな巨大な魔獣をどこから……」

「今はそんなことどうでもいい。アンタ、こいつと戦って勝てるか？」

「そんな……。こいつはどんなに低く見ても危険度A級以上の魔獣だろう⁉　私のジョブスキルが使えたとしてもこんなの無理だ！　いや、無理です……」

ゲイルは俺の問いに対し、とんでもないといった様子で首を振っていた。

魔獣は太古の時代からこの世界に存在すると言われ、人に牙を向ける個体は冒険者協会によって「危険度」というランク付けがされている。

しかし、危険な魔獣であったとしても、テイマーのジョブを持つ者が従わせることで優秀《ゆうしゅう》な兵として扱われることも多く、どれだけの魔獣を従えることができるかはテイマーの「腕」に左右されるというのが定説だ。

逆に言えば強靭《きょうじん》な魔獣を従えられることは、その人間の持つ資質や力量の証明に繋《つな》がる。

「リリーナ、こいつを従わせてみるんだ」

「え？　私が、ですか……？」

「大丈夫、テイマーのジョブスキルを使用するだけでいい」

「は、はい。──《テイム》！」

リリーナがヘルハウンドに手をかざし、唱える。

と、ヘルハウンドは先程俺にしたのと同じようにリリーナの膝に頭を擦り付けている。ヘルハウンドがリリーナを自分の主人だと認めた証《あかし》だ。

「テ、テイムできた……」

「そんな……。リリーナがこんな巨大な魔獣を従わせるなんて……」

自分が戦意喪失《そうしつ》させられた魔獣を、無能だと断じたはずの娘が従わせた。

それはゲイルにとっては信じられない出来事だったのだろう。目は見開き、顔は分かりやすく青ざめていた。

「おい」

「は、はい⁉」

「アンタはリリーナを無能だと決めつけて追放したらしいが、これでいい加減分かっただろ。アンタの目がいかに節穴だったかってことが」

「は、はい……」

「で？　全権をリリーナに渡すってさっきの話、異論あるか？」

「……ありません」

「はい、じゃあとっとと誓約書に署名して」

ゲイルはガクリとうなだれ、誓約書にペンを走らせる。

「あ、言っとくけど誓約《せいやく》した内容を破ったら罰《ばつ》を受けるから、そのつもりで」

「ば、罰とは……？」

「前にそれを破ろうとした奴は二度と口が聞けない体になっていたな」

「ヒィッ！」

ゲイルは恐《おそ》れおののき、署名した誓約書を投げ捨てた。一度署名した魔術誓約書は破ろうが燃やそうが効力を失うことなど無いのだが。

ともあれ、これで依頼に関しては完遂《かんすい》だ。リリーナ含《ふく》め子供たちにも危害は及ばないだろう。

ただ、俺は個人的に聞いておかなければならないことがあった。

「一つ確認したいことがある。アンタが自分の剣技を子供に継がせようとしていたのには王家が絡《から》んでいる。そうだな？」

「な、何故それを……」

「質問に答えろ」

「はいぃ！」

俺が睨みつけると、ゲイルは大人しく白状し始める。

「じ、実は数年前にヴァンダール王家から使いの者が来たのです。優秀な手駒《てごま》を王家に献上《けんじょう》すれば爵位《しゃくい》を上げてやってもいいと……」

「なるほど。その使いの者の名前は？」

「そこまでは知りません。ただ、王家の印を捺《お》した書簡を持ってきたため、王家に関《かか》わる人物であることは確かだと思いますが……」

「そうか。やはりな……」

二年前、俺が王家から追放された後のこと。俺はその頃から何か、王家を含めて怪《あや》しい動きがあることを感じていた。

今回の一件にも、その王家が関わっている。

その動きを探ろうと何度かゲイルに質問するが、詳《くわ》しい情報までは知らされていないようだった。

——まあ、今はいいか。

俺は踵《きびす》を返し、後ろに控えていたメイアの元へと向かう。

「お疲れ様です。流石《さすが》でした、アデル様」

「ああ。メイアが子供たちを護ってくれていたおかげで思い切りやれたよ。サンキュな」

「またまた。全然本気を出されてなかったですのに」

メイアはそう言って、くすくすと笑っていた。

「あ、あの、アデルさん！」

「ん？」

用事も済んだので酒場に戻《もど》ろうとしたところ、後ろからリリーナに声をかけられる。そこにはリリーナの弟妹である子供たちもいた。

「ありがとうございます！　私、このご恩は一生忘れません！」

「ああ。でも、これからはリリーナがこの家の当主だからな。しっかりやるんだぞ。さっきのヘルハウンドは置いていくから、家の番犬にでもしてやってくれ」

「は、はは……。分かりました」

リリーナは困惑気味に、頭を擦りつけてくる黒狼《ヘルハウンド》を撫《な》でている。

リリーナのテイマーとしての腕は確かなもので、俺の召喚したヘルハウンドも強靭だ。仮に家督引き継ぎの混乱に乗じて良からぬことを企《たくら》む輩《やから》がいたとしても圧倒《あっとう》できるし、これで心配はいらないだろう。

「ま、今度落ち着いたら、弟や妹を連れて酒場に飯でも食いに来てくれよ」

「はい！」

リリーナと子供たちは律儀に頭を下げて感謝の言葉を投げてくれた。

俺は懐から林檎を取り出し、齧る。

そうして、ひと仕事を終えた余韻《よいん》に浸《ひた》りながら、メイアと共に帰路につくことにした。

＝＝＝＝＝＝＝＝＝＝＝＝＝＝＝＝＝＝＝＝＝＝＝＝＝＝＝＝＝

ゲイル・バートリーの執行完了を確認しました。

執行係数１１６３１ポイントを加算します。

累計執行係数：４７１１８ポイント

※新たに【精霊剣士】のジョブを刈り取りました。
以後、執行係数を消費してジョブスキルが使用可能になります。

＝＝＝＝＝＝＝＝＝＝＝＝＝＝＝＝＝＝＝＝＝＝

＊＊＊

「ほ、報告します！　ゲイル殿《どの》が何者かに討ち倒《たお》された模様です！」

「何だと……？」

ヴァンダール王宮、王の間にて。

気分良く酒を呷《あお》っていたシャルルの手が、家臣からの報告を受けて止まる。

続けられた家臣からの報告に耳を傾《かたむ》けるシャルル。しかし、その内容はにわかに信じがたいものだった。

「ゲイル殿は昨夜、バートリー家の中庭で侵入者に襲撃《しゅうげき》された模様。その者に圧倒された後、家督を長女のリリーナ・バートリーに譲ったということです」

「あのゲイルを打ち負かした？　何者だ、そいつは」

「正体の詳細は不明ですが、最近話題になっている《黒衣の執行人》ではないかと……」

「黒衣の執行人か。最近よく聞く名前だな……」

シャルルは苛立たしげに舌打ちし、手にしていた酒を飲み干す。

「しかしあのゲイルだぞ？　かつてその戦いぶりを見た際、見事なジョブスキルを発揮していたと記憶《きおく》しているが……」

過去に行われた御前《ごぜん》試合でシャルルはゲイルの強さを見極《みきわ》めていた。

精霊の加護を利用する【精霊剣士】という上級ジョブを持ち、確かな腕を持っていると。だから
シャルルはゲイルに後継《こうけい》を育てるよう指示し、王家に人材を提供するよう求めたのだ。

それからは王家と蜜月《みつげつ》の関係を築いてきたというのに……。

「ゲイルはどうしている？　まさか無様にも殺されたか？」

「いえ、そういうわけではないのですが……」

「何だ。早く申せ」

歯切れの悪い様子の家臣にシャルルは苛立たしさをぶつける。

「それが……、もう王家には関われない、と。あの悪魔の怒りを買いたくないから、と」

「何を腑抜《ふぬ》けたことを。奴の【精霊剣士】のジョブが強力であることに変わりはない。その力でまた王家に手を貸せば良かろうが」

「それが、もう【精霊剣士】のジョブの力は使えないのだとか……」

「ジョブの力が使えない……？」

妙なことを言う、とシャルルは思った。

ジョブは一度授かれば、死ぬまで変化することも失うこともない。それがもう使用できないとは

どういうことだ、と。

――ゲイルは神の逆鱗に触れてジョブを取り上げられたとでも言うのか？　馬鹿馬鹿しい。

どうせ戦いに負けたことで自信喪失しているだけだろうと、シャルルは決めつける。

「とにかく、ゲイル殿は憔悴《しょうすい》しきっていて、まともな思考ができない状態です。新しく当主となったリリーナ・バートリーも王家と関わる意思は示しておらず――」

「もうよい。バートリー家は放っておけ。必要な人材は他でも調達可能だろう。第一、たかだか爵位持ちの貴族風情《ふぜい》に目の色を変えるなど、余の沽券《こけん》に関わる」

「は、はい……」

「それより、黒衣の執行人とは何者なのだ？」

「分かりません……。しかし、あのゲイル殿を討ち倒したとなると、相当な強さを持った人物かと」

シャルルはその言葉を聞いて面白《おもしろ》くなさそうに鼻を鳴らす。

その黒衣の執行人とやらがどのような力を持っているかは知らないが、まさか自分の授かった【白銀の剣聖】に匹敵《ひってき》するジョブなどということもあるまい。

それでも、王家が秘密裏《ひみつり》に進めている「計画」が得体の知れない輩に狂《くる》わされたことは、シャルルにとって憤慨《ふんがい》に値するものだった。

と同時に、その屈辱《くつじょく》にも似た感情からか、シャルルは二年前に追放したある人物の名を思い出す。

アデル・ヴァンダール。

かつて不名誉《ふめいよ》なジョブを授かり、王家の名に泥《どろ》を塗《ぬ》った息子《むすこ》の名。

——確か奴の授かったジョブは【執行人】という名では無かったか？

脳裏《のうり》にそんな記憶がよぎるが、シャルルは一笑に付した。

通り名が偶然《ぐうぜん》にも一致《いっち》しているだけだ。王国兵との模擬戦ですら力を発揮できなかった出来損ないがゲイルに打ち勝つなぞ、あろうはずがない、と。

「フン、まあ良い。この程度、計画の大筋に支障は無いわ。他に問題は起きていまいな？」

「は、はい。ローエンタール商会からの資金調達も順調に進んでおります。それから領主ダーナ・テンペラー殿からも同様に——」

その後も家臣の報告を受けて、シャルルは努めて冷静に振る舞《ま》っていた。内心では、腸《はらわた》が煮《に》えくり返る思いであることを隠《かく》しつつ。

それが黒衣の執行人という謎《なぞ》の人物の暗躍を知ったためなのか、それとも過去の不出来な息子を思い出してしまったためなのか。

その両方だろうとシャルルは認める。

そして——、

「いや、いまさら野垂《のた》れ死んだであろうアデルのことなどどうでも良い。余の進めている計画により、ヴァンダール王家は輝《かが》かしい未来を歩むことになるのだ。その栄光の汚点《おてん》となる泥を削《そ》ぎ落としておいたのは、我ながら英断だったわ」

シャルルが呟いた言葉は、決定的に間違っていた。

2章　新たな依頼者《いらいしゃ》

「おい、また《黒衣の執行人《しっこうにん》》が現れたらしいぞ！」

王都リデイルのよく晴れた日。

花屋の開店準備をしていた私は、その声に反応して手を止める。

街の往来では人だかりができていて、その中心では号外が配られているようだ。

「やあマリーさん。今日も精が出るね」

「あ、おはようございます」

声をかけてきたのは、花の卸売《おろしう》りをしてくれている行商人の男性だった。

私は納品分の花を受け取り、ペコリとお辞儀《じぎ》をする。

とある事情により今では私と取引をしてくれる人は少なくなってしまったため、ありがたい限りだ。

「さっきそこで号外をもらったんだけど、凄《すご》いねぇこの人。ほら、マリーさんにも一部あげるよ」

「ありがとうございます」

行商人さんから受け取った号外文書に目を落とすと、『黒衣の執行人、現れる』という見出しが飛び込《こ》んできた。内容を読むと、どうやらバートリー家という貴族の問題に関係しているようだ。

「バートリー家と言えば、前々から良くない噂《うわさ》のあった貴族ですよね？」

「ああ。何でも、当主が子供たちに虐待《ぎゃくたい》まがいの躾《しつけ》をしていたらしい。家の中の問題だからか、王都の自警団も手が出せずにいたとか」

読み進めると、その窮地《きゅうち》を救った黒衣の執行人という人物を称賛《しょうさん》する内容が目立つ。また、新しく屋敷《やしき》の当主になったらしいリリーナ・バートリーという女性についても触《ふ》れられていて、その人が取材に応じた内容も記載《きさい》されていた。

それによると、黒衣の執行人という人物の詳細《しょうさい》については伏《ふ》せられていたが「幼い子供たちを含《ふく》めて窮地を救ってもらった」、「このご恩について一生忘れることはない」という感謝の言葉が綴《つづ》られている。

黒衣の執行人という言葉から連想される物々しい印象。記事の内容はそれとは裏腹で、何だか幼い頃《ころ》に童話で読んだ正義の英雄《えいゆう》みたいだなと思う。

「マリーさん」

かけられた言葉に顔を上げると、行商人さんが暗く沈《しず》んだ表情を浮《う》かべている。

そして、次にかけられた言葉は私にとって衝撃《しょうげき》的なものだった。

「悪いが、マリーさんのところに品を卸してやれるのはこれが最後になりそうだ」

「そ、そんな……！　どうしてですか⁉」

行商人さんは頭に載《の》せた帽子《ぼうし》を目深《まぶか》に被《かぶ》り直すと、悔《くや》しそうに口を結ぶ。

商《あきな》いをやっている者が商品を調達できなくなるというのは何を意味するのか。それを理解しながらも尚《なお》、伝えざるを得ないといった様子だ。

その姿を見て私は察した。

「まさか、ローエンタール商会が……」

「ああ……。昨日、ヤツらがやってきてね。マリーさんのところと縁《えん》を切らなければ家族がどんな目に遭《あ》っても知らないと脅《おど》されたよ」

「あ……」

「マリーさんのところも懐《ふところ》事情が苦しいのは分かってる。けど、これぱっかりは……」

ローエンタール商会。

最近になってこの周辺一帯を仕切るようになった新興商会の名前だ。

元々は自治的な商いが認められていたこの地区に割って入ってきた組織でもある。

ローエンタール商会は「何かトラブルがあれば自分たちが手助けする」という大義名分を掲げ《かか》、「みかじめ料」と称《しよう》した金銭を徴収《ちようしゆう》するようになっていた。

当然その話を持ちかけられた当初、この地区で商いをしていた人たちは猛反対《もうはんたい》した。

しかし、反対する人たちが不可解な襲撃《しゆうげき》を受けるようになり、ローエンタール商会の人間が言ったのだ。

――やっぱり我々の手助けが必要でしょう、と。

そうしていつしか、誰《だれ》もローエンタール商会には逆らえなくなっていた。

「ところで、マリーさんのところにも来てるんだろう？　ローエンタール商会からの立ち退《の》き勧告《かんこく》が」

「ええ……。こんなみすぼらしい花屋は畳《たた》んで立ち退くようにと。何でも、娼館《しょうかん》を建設する予定だからって……」

「それでも、マリーさんはここを立ち退くつもりはないんだな？」

「はい。亡《な》くなった母から譲《ゆず》り受けた大切なお店ですから。……それに、第七王子様に救っていただいたご恩があります。二人の想《おも》いに報《むく》いるためにもこのお店は守り抜《ぬ》きたいんです」

「そうか。そうだったな……」

以前、王家が大規模な都市計画を打ち立てた際、このお店は一度取り壊《こわ》しの危機に瀕《ひん》したことがあった。

その時、当時の第七王子アデル・ヴァンダール様という方が強く反対してくれたらしく、私の母が営んでいたお店を救ってくれたのだ。

実際にお会いしたことはないけれど、王家の計画が修正された時、母も私も泣いて喜び第七王子様に深く感謝したのは言うまでもない。

いつか第七王子様にお会いできたら感謝の言葉を伝えたいと、そう思っていた。

なのに……。

聞いた話によると、そのすぐ後に第七王子様は王家を追放されてしまったらしい。

今ではどうしているのか、そもそも生死すら定《さだ》かではない。

彼《かれ》も理不尽《りふじん》の波には勝てなかった、そういうことなのだろうか？

「とにかく、またマリーさんのところにもヤツらがやってくるかもしれない。くれぐれも無茶するんじゃないぞ。意地も大事だが、命あってこそだ」

「……はい」

力になってやれず本当にすまない、と言い残して行商人さんは去っていった。

その後、店の前に一人残された私はこれからのことに思いを巡《めぐ》らせる。

――もしこのままローエンタール商会の人たちが来たら、立ち退けと実力行使に出られたら、私はどうすればいいのだろう？

――どうすれば、母から譲り受け、第七王子様に救ってもらったこのお店を守ることができるのだろう？

「誰か……、誰か助けて……」

不安に押《お》しつぶされ、涙《なみだ》が溢《あふ》れる。

そうして、私の手には《黒衣の執行人》について書かれた号外文書だけが残った――。

＊＊＊

「久しぶりのアデル様とのデート、とーっても楽しみです」

「はいはい」

その日、王都リデイルはよく晴れていた。

俺《おれ》はメイアに腕《うで》を引っ張られながら歩いている。引っ張られる、というより絡《から》め取られている、と表現した方が正しいかもしれない。

俺は気を紛《まぎ》らわすため好物の林檎《りんご》を取り出し、口にした。

「さてさて、何を買いましょうかアデル様。そうだ、お花なんてどうです？　お店に飾《かざ》りましょう」

「却下《きやっか》」

「えー」

メイアは可愛《かわい》いものに目が無い。

そのためか珍《めずら》しく不服そうに抗議《こうぎ》してくるが、今日は切らしていた食材の調達が目的だ。そもそも酒場に花なんていらないだろうに。

そんなやり取りをしながら一軒《けん》、二軒と店を回っていく。

俺たちの構えている酒場は王都の外れにあるため、こうして久々に中心街まで出てくると人の多さにクラクラした。

「おい、聞いたか？　あのバートリー家の当主が替《か》わったらしいぞ」

「ああ。《黒衣の執行人》が動いたらしいな」

「前の当主、ゲイルだったか？　子供たちの躾だとか言って相当無茶な鍛錬《たんれん》をさせていたらしい。それで黒衣の執行人に目を付けられたんじゃないか？」

「悪を挫《くじ》く正義の執行人か。いやぁ、スカッとする報《しら》せだぜ」

街の往来をメイアと歩いていると、号外文書らしきものを手にした連中から声がちらほらと聞こえてくる。

「ですって、アデル様」

「持ち上げられすぎだな。そもそも俺は正義なんか掲げられるほど偉《えら》いわけじゃない。ただ理不尽が嫌《きら》いなだけだ」

「ふふ。そういうことにしておきましょうか。でも、アデル様がどんなことをしてきたのか、私はちゃーんと知ってますからね」

言って、メイアが柔《やわ》らかく笑う。

今日のメイアはいつもの給仕《きゆうじ》服ではなく、普段《ふだん》は一つにまとめた銀髪《ぎんぱつ》も今は下ろしている。身に着けている私服は本人曰《いわ》く「気合いを入れました！」とのこと。

ふわりとしたスカートを風に揺《ゆ》らし、陽光に銀髪をきらめかせながら歩く様は否《いや》が応《おう》にも目を引く。

時折、メイアが腕を絡めている俺に対し、殺意のこもった視線を向けてくる男もいたが気にしないでおいた。

「さて、これで買い出しはあらかた済んだな。帰るか」

「え……、もう帰るんですか？」

「いや、だって買うものは買ったし」

「それはそうですけど……」

メイアは顔を伏せて、ちらりと目だけをこちらに向けてきた。

「…………もう？」

そんな悲しそうな顔で上目遣《うわめづか》いをされても困るんだが。

「あ、お花を買っていません」

「だからいらないって」

「むぅ。でも、まだお昼ですよアデル様。せっかくですし昼食くらいは街で食べていきましょうよ。……そうだ！　酒場に新しいメニューを取り入れるための研究、ということにしましょう！」

「なあメイア。『ということにしましょう』って言葉は騙《だま》そうとする相手に言っちゃいけないやつだぞ」

仕方ない。確かにメイアの言う通りせっかく王都《リディル》の中心部に出てきたんだ。昼飯くらいは食べていくか。

そう考え、メイアに声をかけようとしたその時だった。

「やめてください！」

街の通りに女性の悲鳴が響《ひび》く。

声のした方を見ると、屈強《くっきょう》そうな大男たちが小さな花屋を取り囲んでいた。正確には花屋の店頭にいる黒髪《くろかみ》の女性を、だ。

辺りを歩いていた者たちも女性の悲鳴に反応したようだったが、厄介事《やっかいごと》には巻き込まれたくないと判断したのか、視線を逸《そ》らしてそそくさと去っていく。

「困りますねぇ、マリーさん。先月中にこの場所を立ち退くよう伝えたはずですが？」

「だ、誰があなた達《たち》なんかに！　ここは母から受け継《つ》いだ大切なお店なんです！」

「そんなの知ったこっちゃありませんよ。ここにはワタシたちローエンタール商会が管理する立派な娼館を建てるんですからねぇ。マリーさんのように可憐《かれん》な方なら、ワタシたちの娼館で働けば人気が出ること間違《まちが》いなしだと思うのですが？」

「ふざけないでください。絶対に嫌《いや》です」

「そうですかぁ。仕方ありません。なら教育させていただくとしましょうか」

「い、いやっ……！」

花屋の女性店主と相対しているのは男たちの中で唯一《ゆいいつ》痩《や》せ形の男だ。恐《おそ》らく男たちのリーダー格なのだろう。

痩せ男がパチンッと指を鳴らしたのを合図に、大男たちが女性の黒髪を掴《つか》んで連れて行こうとする。

——やれやれ。白昼堂々よくも……。

「行きますか、アデル様？」

「ああ、もちろん」

俺はメイアと短くやり取りした後、瞬時《しゅんじ》に痩せ男の前へと躍《おど》り出る。

「ちょっと失礼しますよ、っと」

「な、何です、アナタは？　ワタシたちは交渉《こうしょう》の最中なんです。邪魔《じゃま》をしないでくれませんか」

「へぇ。こんな一方的に暴力をチラつかせて、あまつさえ女性の髪を掴むのが交渉か？」

「アナタ、反抗《はんこう》的な態度ですね。ワタシがローエンタール商会の人間だと知って……、痛ぁああああ！」

俺が痩せ男の腕を捻《ひね》り上げると悲鳴が響き渡《わた》る。

「こ、こ、こんなことをしてタダで済むと思ってるんですか⁉　ワタシはローエンタール商会の商会長で――あだだだだっ！」

痩せ男が変な体勢で何か言っていたが無視する。

「おい、お前らその女性を放《はな》せ。でないとこいつの腕をへし折るぞ」

俺が痩せ男の腕をよりきつく締《し》め上げてみせると、女性店主の髪を掴んでいた男が慌《あわ》てて手を放した。

「クッ……。どこの誰だか知りませんが、こんなことをしてどうなるか分かっているんですか⁉　ワタシはローエンタール商会の――」

「おい君、大丈夫《だいじょうぶ》か？」

「話を聞けぇ！」

うるさい奴《やつ》だな。

俺が女性店主の方へ駆《か》け寄り声をかける一方で、痩せ男が何か喚《わめ》いている。

「くっ……。こ、このォ！」

「む――」

痩せ男が懐《ふところ》から小型のマスケット銃《じゅう》を取り出し、銃口をこちらに向けようとしていた。

まったく、一時の感情で得物《えもの》を向けるとは。

俺は痩せ男の緩慢《かんまん》な動作より速く、ジョブスキルの使用を試みて――、途中《とちゅう》でやめた。

「私のご主人様に銃を向けるとは良い度胸ですね」

「んなっ！」

痩せ男の喉元《のどもと》には、メイアがスカートの内から取り出した短剣《たんけん》が突《つ》きつけられていた。

短剣を握《にぎ》るメイアの表情は笑顔《えがお》で、それが一層の恐怖《きょうふ》を呼んだのだろう。痩せ男は銃を取り落とし、ガチガチと歯を震《ふる》わせている。

「おやおや、寒いんですか？　こんなに良い陽気だというのに」

「あ、う、あ……」

「メイア、その辺にしてやれ。そいつ、そのままだと漏《も》らしそうだぞ」

「……それは勘弁《かんべん》ですね」

メイアが喉元から短剣を下ろすと、痩せ男は後退《あとずさ》りして脱兎《だっと》のごとく逃《に》げ出した。周りにいた大男たちも慌てて痩せ男の後を付いていく。

「お、おのれぇ！　ワタシに狼藉《ろうぜき》を働いたこと、覚えておきなさい！　ワタシの名はローエンタール商会の長《おさ》――、――！」

離れた所から痩せ男が何か叫《さけ》んでいるようだ。

でも悪い。恐らく名乗っているんだろうが、遠すぎて聞こえん。

（お邪魔しちゃってすいません。アデル様ならあんな人、余裕《よゆう》でボコボコにできると思ったんですが……)

(いや、良くやってくれたよメイア。俺もこんな人の目があるところで力を使うのはどうかと思ったしな)

メイアがこっそりと耳打ちしてきて、俺もそれに応じる。

「あ、あの……。ありがとうございます」

「怪我《けが》が無いようで良かったよ。それにしても、一体何があったんだ?」

花屋の女性店主は俺が尋《たず》ねるとわずかに言いよどむ。

そして、何か決意したように顔を上げると、胸の前で両手を組みながら叫んだ。

「あのっ、お願いです! どうか私を、このお店を助けてください!」

＊＊＊

「マリーさん、こちらをどうぞ」

「あ、ありがとうございます」

メイアが紅茶を用意して、花屋の店主マリーはおずおずという感じで口を付ける。

花屋を脅していた男連中を追い払《はら》った後、マリーから詳《くわ》しく話を聞くため俺の経営する酒場《銀《ぎん》の林檎亭《りんごてい》》へと場所を移していた。

そこで俺たちはマリーから事の顛末《てんまつ》を聞いている。

話によれば、花屋の前でマリーに絡んでいたのはローエンタール商会の人間であるとのこと。そして、ローエンタール商会があの地区一帯の商人に対して悪行を働いているというものだった。

「暴力をチラつかせて金銭を巻き上げる、か……。絵に描《か》いたような悪徳商会だな」

「しかもマリーさんが大切にしているお店を乗っ取ろうとするなんて……。あの時ちょっとくらい痛い目を見てもらった方が良かったですかね？」

言葉は物騒《ぶっそう》だが、メイアが憤《いきどお》るのももっともだ。

俺も酒場を経営している身だから分かる。商いを行う者にとって、自身の持つ店とは文字通り生命線となるものだ。

母から受け継いだというマリーのように、店は大切な想いが詰《つ》まっている場所だという商人も少なくないだろう。

そこに暴力と権力をちらつかせて他人の尊厳を踏《ふ》みにじろうとするなど、許せることではない。

――そういえば昔、王家が商人の店を潰《つぶ》す都市計画を進めようとしていて、強く反対したことがあったっけな。

「こんなことを今日お会いしたばかりの貴方《あなた》にお願いするのは失礼かもしれません。でも、私にはどうしようもなくて……」

「いや、気持ちはよく分かるよ。俺だってこの酒場を畳《たた》めとか言われたら反発するだろうしな」

その言葉にマリーは少しだけ緊張《きんちょう》を解いてくれたようだった。

「それにここだけの話、恨《うら》みを晴らすのは俺の専門分野でね。表向きは酒場をやってるんだが、力にはなれると思う」

「え……？　それってどういう……」

「マリーさんは聞いたことありませんか？　《黒衣の執行人》という名前を」

「っ……。で、では貴方が……!?」

マリーが身を乗り出してくるのに対して、俺は人差し指を自分の口に当てて応じる。

「力を盾《たて》に脅してくるような輩《やから》は力で分からせるのがいいだろう。他の商人たちも巻き込まれているようだし、動くなら早い方が良さそうだな」

「……あ」

と、そこでマリーは何やら思い悩《なや》んだような表情に切り替わる。何か気がかりなことでもあっただろうか？

「あの……、こんな話を持ちかけておいて実は私、貴方にお支払《しはら》いできるものが無くて……。すいません！　この先、何としてでもお金はお支払いしますから、どうか……」

何だ、そんなことか。

今回の話は乗りかかった船のようなものだし、金なんて貰《もら》えずとも引き受けて良いんだが……。

マリーという女性を見た感じ、その辺は義理を通したいと言い出しそうな気がする。

――仕方ない。

「あー、そういえばマリーは花屋をやってるんだったな？」

「……？　ええ、そうですが？」

マリーが脈絡《みゃくらく》のないことを言われて困惑《こんわく》した表情を浮かべている。そこで俺はメイアに話を振《ふ》った。

「メイア、ちょっと意見を聞きたいんだが」

「何です、アデル様？」

「酒場が何だか寂《さび》しいと思ってたんだよな。花なんて置いてみたら少しはマシになるかと思うんだが、どうだろうか？」

「あ………。ええ、良いですね。とっても素敵《すてき》なお考えだと思います」

「よし、じゃあ決まりだな。今回の報酬《ほうしゅう》はマリーの店にある花をいくつかもらうってことで」

「い、良いんですか？」

俺は黙《だま》って頷《うなず》く。

「ふふ。素直《すなお》じゃないですね。まあ、そこもアデル様の良いところですし、私は大好きですけど」

「何か言ったか？」

「いいえ。何にも」

メイアが楽しげに鼻を鳴らしたところ、マリーは何かに思い当たったような顔で俺の方を見てきた。

「アデル？　貴方のお名前は……、アデルと言うんですか？」

「ああ。そういえばまだ名乗ってなかったな」

「もしかして、アデル様？　第七王子のアデル・ヴァンダール様ですか？」

「ん……。まあ、そんな肩書《かたが》きだった頃もある。今じゃ追放された身で誰も覚えちゃいないだろうが」

「あぁ……」

俺が自嘲《じちよう》気味に笑うと、マリーは目を細めた。

そして、その瞳《ひとみ》からは一筋の涙が溢れだす。

「お、おい。なぜ泣く?」

「だって、だって……」

マリーは何故《なぜ》か言葉にならない様子で、嗚咽《おえつ》を漏らしていた。

「女性を泣かせるなんて、アデル様も罪なお人ですね」

「いやいや。何もしてないぞ、俺」

「いえ――」

俺が弁明しようとしたところ、言葉を挟《はさ》んだのはマリーだった。

「何もしていないなんてとんでもありません。貴方は過去、間違いなく私たちを救ってくれたんです。本当に、本当にありがとうございます」

マリーは両手を胸の前で組むと、感謝の言葉を連呼している。

「よく分からんが……。まだお礼を言われるには早いぞ。まずはあの連中を何とかしないとな」

「そう、ですね……。はい、よろしくお願いします」

そう言って泣き笑いのような表情になったマリーは、差し出した俺の手を取った。

＊＊＊

「アデル様は――」

ローエンタール商会の根城へ向かう道中、マリーが口を開く。

今は執行対象の元へと向かうべく、夜の道を俺、メイア、マリーの三人で進んでいた。

「様はいらない。もう王子じゃないし」

「え？　でもメイアさんはアデル様と……」

「私はアデル様にお仕えする身ですから」

「そうですか。では、アデルさん、と」

マリーは笑顔を浮かべ、先程《さきほど》の言葉の続きを口にする。

「アデルさんは、どうして復讐《ふくしゅう》代行を始めたんですか？」

「……メイアと出会ったのがきっかけでな」

「メイアさんとの出会い……」

「まあ、色々とあった」

「……」

メイアの出会いについては色々と、では片付けられるようなものではない。それでも、メイアがいなければ今の俺が無かったことは確かだ。

俺は身に纏《まと》っていた執行用の黒衣に目を落とし、そっと触れる。

「あと、王家を追放されてから色んなものを見てきてな。許せなかったんだよ」

「許せなかった？」

「何が？」と続けて問いかけてきたマリーに答えようとしたところ、俺の足に何かがぶつかった。

「あっ……」

見ると、そこには少女がいた。どうやらぶつかったのはこの子らしい。

髪は亜麻色《あまいろ》で前髪の一部が白い。そして頭部からは獣《けもの》のような耳が伸《の》びていた。

――獣人族《じゆうじんぞく》か。こんな王都の中心地にいるとは妙《みよう》だな……。

獣人族は独自の集落を形成し、生活している種族だ。

遥《はる》か昔、獣人族の血が万病に効く薬の原料になるという噂が出回り、心無い人間に利用されたことで人目を忍《しの》ぶようになったと聞いたことがある。

無論、今ではそのような風説がデタラメであったと判明しているのだが、街では獣人族の姿を見ることすら困難になったとか……。

少女は獣人特有の獣耳を隠《かく》すためか、はだけたフードを慌てて被り直す。

「ご、ごめん、なさい……」

「俺の方こそすまない。怪我は無かった、か……」

言っている途中で、その少女の体が酷《ひど》く痩せ細っているのに気付く。

身にまとっているのは「麻袋《あさぶくろ》に腕を通すための穴を空けた」といった感じの質素な服だ。首には紋様《もんよう》の刻まれた鉄の錠《じょう》を着けている。

――昔は身分の低い者を従者として扱《あつか》う際に、首輪を着ける風潮があったと聞くが。今もまだこんなもの使っている奴がいるとはな……。

荷物を抱《かか》えているのを見るに主人の使いでも命じられたのだろう。こんな夜も深い時間だというのにロクな食事も摂《と》らず働かされているらしい。

領主の圧政に苦しむ村から依頼を受けた時、飢餓《きが》に苦しむ子供を目にしたことがあるが、獣人の少女はその子供と同じ目をしていた。

「なあ君。ちょっと待ってくれ」

立ち去ろうとした獣人の少女に向けて声をかけ、俺は一枚の紙切れを差し出す。

「それは《銀の林檎亭》っていう俺の酒場で使える食事券だ。今度ウチに来ると良い。飯をたらふく食べさせてやる」

「い、いいの……？」

「ああ、ぶつかったお詫《わ》びだよ」

「………ありがとう。今度、絶対に行く」

獣人の少女は片手を差し出し、大切そうにそれを受け取ると律儀《りちぎ》に頭を下げる。そして自分の仕事を思い出したのか、荷物を抱え直すとフラフラとした足取りで歩き出した。

「それで、俺が何を許せないか、だったか？」

「は、はい」

去っていく獣人少女の背中を見ながら、俺はマリーに向けて呟《つぶや》く。

「ああいう理不尽が、だよ」

＊＊＊

「それじゃ、マリーはメイアの側《そば》を離れないでくれ」

「はい」

「お任せください、マリーさん」

俺たちはローエンタール商会の商館を前にして言葉を交《か》わす。

マリーには危険だから建物の外で待つように伝えたのだが、自分で申し出たことだからこの目で見届けたいと強く主張したため、メイアを護衛に付けることになった。

マリーを一人にしてローエンタール商会の人間と鉢合《はちあ》わせしないとも限らないし、この方が安全だろう。

「止まれ、怪《あや》しい奴め。ローエンタール商会に何の用だ？」

商館の門に近づいたところ、門兵の男たちが警戒《けいかい》した様子で槍《やり》を突きつけてきた。相手は敵意剥《む》き出しのようだが、とりあえずは下手に出ておくことにする。

「ここの商会長さんと話をしたいんだが、取り次いでもらえないか？」

「ガハハハ。こいつはお笑いだ。お前みたいなガキに商会長様がお会いになるかよ」

「お？　後ろにいるのは商会長様が気に入っていた花屋の女じゃねえか？」

「ホントだな。クックック、のこのこと現れるなんて馬鹿《ばか》じゃねえのかコイツ」

門兵の男たちは口々に呟き、嘲笑《ちょうしょう》しながらマリーを見下ろしている。

「あんなみすぼらしい花屋なんかのために強情《ごうじょう》になるんだから、ホントに馬鹿なんだろ。女だったら体を使った方が稼《かせ》げるってのに――プギュッ！」

前言撤回《てっかい》。

やっぱり下手に出る必要は無い。

「お、お前、何しやがっ――プギュッ！」

もう一人の門兵にも掌底《しょうてい》を打ち込んでやると、同じような悲鳴を上げて倒《たお》れ込む。

この程度の相手であればイガリマを召喚《しょうかん》するまでもない。

「え？　え……？」

「大丈夫ですよ、マリーさん。アデル様はちゃんと手加減されてますから」

「いえ……。何が起きたか見えなかったんですが……」

マリーは困惑顔《こんわくがお》で倒れ込んだ門兵二人を交互《こうご》に見やっていた。

「では、お邪魔するとしよう」

不必要に豪奢《ごうしゃ》な扉《とびら》を開け、商館の中へ。ロビーを通り抜ける途中、商会の構成員が襲《おそ》ってきたが、メイアと手分けして鎮圧《ちんあつ》していく。

そして最奥《さいおう》の部屋の扉を開けると、不愉快《ふゆかい》な声に出迎《でむか》えられた。

「何者です……？」

無駄《むだ》に幅広《はばひろ》の執務机《しつむづくえ》があり、そこにふんぞり返っている痩せ男が発した声だった。

昼間マリーに絡んでいたローエンタール商会の長だ。

室内はあちらこちらに金《きん》で装飾《そうしょく》された調度品が並んでおり、いかにもな成金趣味《しゅみ》を窺《うかが》わせる。中でも目を引くのが痩せ男の背後にある巨大《きょだい》な黄金の女神像だ。

――何だこの悪趣味な空間は。まさか街の商人たちから吸い取った金《かね》をこんなことに使っているのか？

俺は痩せ男を睨《ね》めつける。

人が必死に稼ぎ得たものをかすめ取り、平気で自分勝手な欲望のために費《つい》やす。その糞《くそ》みたいな倫理観《りんりかん》に腹が立った。

「おや？　おやおやおやおや！　マリーさんではないですか！　どうしたんですか？　やっぱりワタシたちの建てる娼館で働こうという気になったんですかぁ？」

痩せ男は俺の後ろにいるマリーに気付くと、薄《うす》気味悪い笑いを浮かべながらにじり寄ってくる。

「そうですよねぇ。あんなところで花屋なんていう儲《もう》からないお店をやるよりも大きく金を稼いだ方がいいですからねぇ。いやぁやっとマリーさんもそれに気付いてくれましたか。やはり世の中は金ですよ。金があれば人を思い通りに動かすことだってできるのです。贅沢《ぜいたく》というのは金を持つものだけに許された特権ですよね。見てくださいこの部屋を。とても心温まる空間でしょう。金というのは周りに置くだけでも心を豊かにしてくれるのです。もう金を失った生活なんて考えられませんね。これからもワタシは金をかき集めて優雅《ゆうが》な人生を送り続けますよ。なぁにマリーさんもお金を稼げばすぐにこんな風になれます。大丈夫最初は不安かもしれませんがワタシがちゃあんと手ほどきしますから――」

「「「……」」」

あまりに不愉快で、三人揃《そろ》って口をつぐんでいた。途中からは耳が聞くことを拒絶《きょぜつ》していた感じすらある。

話している内容が癇《かん》に障ったのか、それとも痩せ男が生理的に受け付けられないのか、メイアなどはゴミを見るような視線を痩せ男に向けている。

気配隠匿《いんとく》の効果を持つ黒衣を着た俺はまだしも、昼間会っているメイアに気づかないとはおめでたい奴だ。短剣を突きつけられて漏らしそうになっていたし、それどころじゃなかったかもしれないが。

「おい、ヒョロガリ男。マリーから店を奪《うば》い取る上に娼館で働かせるだと？　冗談《じょうだん》はその不愉快な顔だけにしろ」

「な、何ですかアナタは。このローエンタール商会の長であるワタシに向かって無礼な口は――、っ！」

痩せ男が俺の顔を覗《のぞ》き込むようにしたところ、言葉が切れた。ようやく気付いたらしい。

「あ、アナタは、昼間の……。それに、まさかその風貌《ふうぼう》は……、《黒衣の執行人》――」

「そういうことだ」

「ぐ、ぬぬ。ワタシたちを執行しに来たというのですか……。しかし良いのですか？　ワタシたちローエンタール商会のバックには、な・ん・と王家が付いているんですよ！」

「そうか。でも、俺にとっちゃ関係ないね」

「な、何ですって⁉」

痩せ男にとって俺の返しは予想外のものだったのだろう。目を見開きながら、後退りして距離《きょり》を取る。

権力で脅しをかける連中はいつもそうだ。

自らの地位が、あるいは自らの後援《こうえん》が、相手を射殺《いころ》してくれると信じて疑わない。権力というものが全《すべ》てに通じる万能《ばんのう》の矢だとは限らないのに。

——まあ、そうやって自分に都合の良い見方しかしないから、他人に理不尽を強《し》いても気にしないんだろうけどな。

「要求する。これまで巻き上げた金を街の商人たちに返せ。そして今後二度と手を出すな」

「ふ、ふざけるな！　何故ワタシが築いてきた財産をみすみす手放さなければならないのです⁉」

「築いてきた？　奪い取ってきたの間違いだろ？」

俺の言葉に、痩せ男は怒気《どき》を孕《はら》んだ目で睨み返してきた。

「無礼なガキめ……。このワタシに指図するつもりですか。ワタシの努力の結晶《けっしょう》である金を手放せとは」

「要求は呑《の》めないってことか？」

「呑むわけ無いでしょうこのバーカっ！　黒衣の執行人だかなんだか知りませんが、ワタシが金の力で手に入れた武力の前に平伏《ひれふ》しなさい！」

痩せ男がパチン、と指を鳴らすと奥《おく》の方から武装兵が現れた。おそらく金で雇《やと》っている護衛といったところだろう。

イガリマを召喚して相手してやってもいいが、まとめて相手をするのは面倒《めんどう》だ。それにマリーがいることを考えると、なるべく近づかせずにリスクなく終わらせたい。

「ククク、どうです？　金さえあれば命だって買えるとはこういうことですよ。ワタシは金の力で守られるのです。アナタがどれだけ強力なジョブを持っていようとも、十人以上もいる武装兵に敵《かな》うはずが――」

――アレ、使ってみるか。

俺は一つ息を吐《は》いてから念じ、青白い文字列を表示させる。


＝＝＝＝＝＝＝＝＝＝＝＝＝＝＝＝＝＝＝＝＝＝＝＝＝＝＝＝

累計《るいけい》執行係数：４７１１８ポイント

執行係数６０００ポイントを消費し、《風精霊《シルフィード》の加護》を実行しますか？

＝＝＝＝＝＝＝＝＝＝＝＝＝＝＝＝＝＝＝＝＝＝＝＝＝＝＝＝

――承諾《しょうだく》。

「さあ、ワタシの兵たちよ！　その目障《めざわ》りな偽善者《ぎぜんしゃ》を叩《たた》き潰してやりなさい！」

瘦せ男が意気揚々《ようよう》とかける号令。

しかし、武装兵たちは主の声に反応することなく沈黙《ちんもく》している。

「「「……」」」

「ど、どうしたのですか兵たちよ。かかれと言っているのです！」

ドサドサッ――。

「なァっ――!?」

瘦せ男の周りにいた武装兵は一人残らず地面に倒れ込む。身につけていたはずの武具は斬《き》り刻まれ、全員が気絶していた。

――《風精霊《シルフィード》の加護》。

【精霊《せいれい》剣士】のジョブスキルの内、風の精霊の加護を受ける能力だ。

元の持ち主であるゲイルは自身の行動速度を上昇《じょうしょう》させる能力として使っていたが、応用すればこうして風の刃《やいば》を飛ばすこともできる。

「さすがアデル様。あの悪徳貴族が使っていたのとは比べ物にならない威力《いりょく》です」

「いや、まだ制御《せいぎょ》が少し甘《あま》いかな。使い込めば慣れると思うが」

「それでも十分すぎると思いますけどね」

メイアには俺が何をしたのか見えたのだろう。

後ろから賛辞の言葉を投げかけてくれたが、もう少し精度を上げたいところである。

「こ、これはアナタがやったのですか⁉」

「残るはお前一人だ、ヒョロガリ野郎《やろう》。これでもまだ戦うか？」

「……」

わずかな逡巡《しゅんじゅん》の後、痩せ男は降参の意を表するかのように頭《こうべ》を垂れる。

が——。

「なぁーんてねぇ！」

痩せ男は奇声《きせい》を上げると懐から何かの操作機のようなものを取り出し、すぐさまそのスイッチを押した。

すると痩せ男のいるすぐそばの床《ゆか》が音を立てて開き、そこから大型の設置式銃器がせり上がってきた。

——多連装砲塔《ほうとう》の銃器か。一介《いっかい》の商会が持っている代物《しろもの》じゃないな。

「これは王家から供給された特注品でしてねェ！　おおっと、動かないでくださいねぇ。変な動きを見せたらコイツで蜂《はち》の巣ですよぉ！」

「……」

俺が前方に突き出していた手を下げると、痩せ男は余裕の表情を浮かべている。

「ククク。観念しましたか。これで形勢逆転ですねぇ。ガキが偉そうな態度を取りやがって……。土下座して靴《くつ》でも舐《な》めたら楽に殺してあげますよぉ！」

「いや、もう終わった」

「……何？」

痩せ男は怪訝《けげん》な顔を向けてくるが、答える義理はない。

「メイアさんっ、私のことは構いません！　アデルさんに加勢を……！」

「いえ。その必要はないみたいですよ、マリーさん」

「えっ？」

ミシミシ――と。

痩せ男の方から何かが砕《くだ》ける音が聞こえてきた。正確には、痩せ男の背後にある巨大な黄金の女神像の台座から、だ。

先程、俺は銃器とともに女神像の位置を確認《かくにん》し、密《ひそ》かに《風精霊の加護《シルフィード》》による風の刃を飛ばしていたのだ。

支えを失った女神像が傾《かたむ》いていく。

「んなッ――！」

痩せ男が背後を振り返るが遅《おそ》い。

間抜け面《づら》を晒《さら》したその頭上に、黄金の女神像が倒れてくるところだった。

「あぁあああああ！」

――ズゥウウウン‼

耳をつんざくような轟音《ごうおん》を響かせながら、女神像は痩せ男を押し潰す。

「そん、な……。このローエンタール商会の長であるワタシ、が……」

痩せ男は黄金の女神像の下敷《したじ》きになりながら白目をむいて気絶していた。

――自分たちが吸い取ってきた金の象徴《しょうちょう》に押しつぶされるとは、まさにこの言葉がお似合いだ。

「執行完了《ざまあみやがれ》――」

＊＊＊

「何だって⁉　黒衣の執行人が……⁉」

「はい。これはあの人がローエンタール商会から取り返してくれたお金です。皆《みな》さんの元にあるべきものだから、って」

「そんな……。それだけのことをしてくれたのに、何もいらないってのか……」

「いえ、報酬のお花はきっちりもらうつもりだから、気にしなくて良いって言っていました」

「え……？」

ローエンタール商会が壊滅《かいめつ》した翌日。

マリーがローエンタール商会から取り返したお金を王都の商人に配り回っていた。

「と、とにかく、もうヤツらに怯《おび》えなくていいのか？」

「はい。黒衣の執行人さんがローエンタール商会の長に《誓約《せいやく》》させたから、もう心配ないと」

「あなた！」

「お父さん！」

「あぁ……！」

マリーが話しかけた商人の男は、隣《となり》にいた妻と娘《むすめ》であろう人物を泣きながら抱《だ》きしめていた。

「良かったですね、アデル様」

「ああ」

俺と共に物陰《ものかげ》からその様子を見ていたメイアが満面の笑みを向けてくる。

何はともあれ一件落着だ。

商人と話を終えたマリーが嬉《うれ》しそうにこちらへと駆けてくる。

「アデルさん」

「お疲《つか》れ。今ので最後か？」

「はい。皆さん、とても感謝されていました。黒衣の執行人は神様だって」

「それは大げさだな」

過剰《かじょう》な称賛に苦笑《くしょう》する。俺はあるべき形に戻《もど》す手伝いをしただけだというのに。

「アデルさん。私からも本当にありがとうございました。あんな無茶なお願いを聞いてくださって」

「マリーが気にする必要はない。俺は理不尽を振りまく連中が嫌いなだけだ」

「ふふ。やっぱりアデル様は素直じゃないです。でもマリーさん、良かったですね」

「本当に、アデルさんのおかげです。これで母から受け継いだお店を続けていくことができます」

マリーは両手を胸の前で組むと、花が咲《さ》いたような笑顔を浮かべていた。

そして、何故か俺から視線を外して呟く。

「あ、あの、アデルさん」

「ん？」

「今度、アデルさんのお店に行っても良いですか？」

「ああ。今回の報酬はマリーの店の花をもらうことだったな。といっても、無理しなくていいぞ」

「い、いえ、その件ではなくてですね……」

マリーは何やら落ち着かない様子で自分の黒髪をいじっている。心なしか顔が紅潮しているようだが……。

「なるほど、酒場の飯を食べてみたいのか。もちろんオーケーだ。ほら、食事券をやろう」

「え？　あ、ありがとうございます。って、そうでもなくて……」

マリーはメイアに救いを求めるような顔を向け、メイアはといえばとても悲しそうな表情を浮かべてそれに応じていた。

一体なんだろうか？

その後、マリーの見送りを受けて俺はメイアと帰路につく。

「アデル様、ああいうところは鈍《にぶ》いんですね。まあ知ってましたけど」

「何のことだ？」

俺がそういうと、メイアはわざとらしく嘆息《たんそく》した。

「その方が私は助かりますが。いや、私にとってもそれはそれでマズいというか……」

メイアは先程のマリーのように独り言を呟いている。わけが分からん。

そうしてメイアと並んで歩く途中、俺は林檎を齧《かじ》りながら青白い文字列の内容を確認する。

＝＝＝＝＝＝＝＝＝＝＝＝＝＝＝＝＝＝＝＝＝＝＝＝＝＝＝＝＝

ワイズ・ローエンタールの執行完了を確認しました。

執行係数１０２８４ポイントを加算します。

累計執行係数：４４４０２ポイント

＝＝＝＝＝＝＝＝＝＝＝＝＝＝＝＝＝＝＝＝＝＝＝＝＝＝＝＝＝

——《風精霊《シルフィード》の加護》を二回と《魔術誓約書召喚》で執行係数の消費は１３０００ポイントか。

多少減ったがこのくらいなら許容内だろう。それにしても……。

あのヒョロガリ商会長、ワイズって名前だったんだなと、そんなどうでもいいことを考えながら俺は《銀の林檎亭》への帰路につくのだった。

3章　盗賊団《とうぞくだん》の執行《しっこう》

――ゴルアーナ金貨が一枚、シドニー銀貨が十二枚、ブロス銅貨が七枚。

ある日。

《銀《ぎん》の林檎亭《りんごてい》》にて、符丁《ふちょう》となる枚数の硬貨《こうか》が並べられていた。

硬貨を並べたのは酒場を訪《おとず》れた老人だ。新たな仕事の合図である。

「こちらの部屋へどうぞ」

老人を奥《おく》へと案内し、俺《おれ》もメイアと共に部屋に入る。

さて、今回はどんな話が持ちかけられるだろうか。


「お願いします執行人様。どうか我らの村を助けてください！」

椅子《いす》に座《すわ》るなり、老人が声を上げる。焦燥《しょうそう》に駆《か》られた様子で発されたその言葉は叫声《きょうせい》に近かった。

「切迫《せっぱく》しているのはお察しします。ですが、まずは落ち着いて状況《じょうきょう》をお聞かせください」

「あ……、すみません。つい……」

俺は構わないと首を振《ふ》り、説明を求める。

「私はラヌール村の村長、トニトと申します。実は先日から我らの村に盗賊団が住み着いているのです」

「なるほど、盗賊団ですか」

「ええ……。村の者が協力してくれましてな。私一人、何とか奴《やつ》らの目を盗《ぬす》んでここまでやって来たというわけです」

憔悴《しょうすい》しきった様子のトニト村長が続けて言葉を絞《しぼ》り出す。

「初め、盗賊団の奴らは村の食糧《しょくりょう》などを要求するだけでした。蓄《たくわ》えのない我らの村にとってはそれも痛手ではありましたが……」

「要求がエスカレートしてきたと？」

俺の問いにトニト村長が神妙《しんみょう》な面持《おもも》ちで頷《うなず》く。

恐《おそ》らく村は小さな規模なのだろう。見ると、トニト村長はかなりくたびれた服を着ていて、ラヌール村が苦しい経済状況であることが窺《うかが》えた。

「奴らが食糧の次に要求してきたのは金です。お察しの通り、我らの村は裕福《ゆうふく》ではありません。それでも、まだそこまでは許容することはできました」

「……」

「しかし、奴らの要求はそこで止まりませんでした。今日、陽の落ちるまでに村の人間を差し出せと言ってきたのです。奴隷《どれい》商に売り飛ばせば少しは金の足しになるだろう、断れば村の人間をみせしめに一人ずつ殺す、と……」

「……状況、把握《はあく》しました」

力を持つ盗賊団の中には村を拠点《きょてん》にしようとする組織もある。

理由は単純。その方が労力を費やして窃盗《せっとう》に及《およ》ぶよりも効率的で、村人を屈服《くっぷく》させてしまえば恩《おん》恵《けい》にあずかれるからだ。

その恩恵とは主に4つ。

食糧と住居、金銭、そして「人」だ。

そういう輩《やから》は他人の尊厳などお構いなしに、我が身の欲求を満たす目的でそれらを要求する。

——本当に、理不尽《りふじん》を生み出すクソ野郎《やろう》どもは尽《つ》きないな……。

ここのところリリーナやマリーの件で執行を遂行《すいこう》してきたが、まだまだ駆逐《くちく》しなくてはいけない輩が多いようだ。

俺は目を閉じて深く息をつく。隣《となり》にいるメイアも憤《いきどお》っていることは見なくても分かった。

ふと俺はトニト村長が先程《さきほど》差し出した硬貨を見やる。

その硬貨はどれもがすり減っていて、まさになけなしの金銭なのだろう。盗賊団に蹂躙《じゅうりん》されながらも、人としての尊厳を失うまいという意思が込《こ》められているように感じた。

「お願いします執行人様……。どうか、村の窮地《きゅうち》をお救いください」

「一つ、お伺《うかが》いします。ラヌール村の領主は何をしているんですか？」

俺は気になっていたことをトニト村長に尋《たず》ねる。

本来、よほど辺境の村でない限り、その土地を管轄《かんかつ》する領主がいるはずだ。

領主は自身の統括《とうかつ》する村々が危機に瀕《ひん》した場合はその防衛に当たることが基本、なのだが……。

「もちろん領主様にも状況は報告しました。ですが、村に救援《きゅうえん》を寄越《よこ》してくださる様子は無く……」

「心当たりは？」

「実はこのところ作物が不作でして。小作料の支払《しはら》いを滞《とどこお》らせていたことが原因ではないかと」

「……そうですか。分かりました」

納得《なっとく》しかけたものの、そこで俺はある一つの疑念を抱《いだ》く。メイアも察したのか、目を閉じて考えを巡《めぐ》らせているようだ。

が、その吟味《ぎんみ》は後でいいだろう。まずは目の前の脅威《きょうい》を排除《はいじょ》することからだ。

「諸々《もろもろ》、承知しました。急ぎラヌール村に向かいましょう」

「おお、それでは……！」

「もちろん。今回の件、お引き受けいたします」

そう告げると、トニト村長が懇願《こんがん》するように頭を下げる。

俺はその辞儀《じぎ》に応じ、ラヌール村に巣くった癌《がん》を取り除くべく執行用の黒衣に袖《そで》を通した。

＊＊＊

「い、いや……！　離《はな》して、離してください……！」

日没《にちぼつ》前のラヌール村にて。

盗賊団の男が抵抗《ていこう》する村娘《むらむすめ》の腕《うで》を掴《つか》んでいた。

「ほらほら嬢《じょう》ちゃん。こっち来なって。ちゃんと可愛《かわい》がってやるからよぉ」

「嫌《いや》です！　やめ、て……！」

盗賊団の男は村娘が悲鳴を上げてもお構いなしだった。

それどころか村娘の抵抗で逆に劣情《れつじょう》を催《もよお》したようで、男は下卑《げび》た笑《え》みを浮《う》かべて舌なめずりをしている。

「ヒャハハハハ！　いいねいいね。オレそういう感じの好みだぜ。せいぜい良い声で鳴いてくれや」

「おいおい、女に傷つけんなよ。奴隷商に売るとき値が落ちるぞ」

「別に一人くらい良いだろ。それにここ数日は女を喰《く》ってねえんだ。我慢《がまん》できねえよ」

「ったく、しゃあねえな。おかしらに見つかる前にさっさと済ませちまえよ」

男は仲間からの返しを肯定《こうてい》と受け取り、村娘を物陰《ものかげ》に連れ込んだ。

そして村娘の衣服を乱暴に剥《は》ごうと手をかけたところで、男の背中にコツンと小石がぶつかる。

「このっ！　姉ちゃんに手を出すな！」

「あァん？」

男が振り返るとそこには少年がいた。

少年が放った投石は姉に対する狼藉《ろうぜき》を止めようとする勇敢《ゆうかん》な行為《こうい》だったが、それが男の神経を逆撫《さかな》でしてしまう。

男は腰《こし》に差してあった短剣《たんけん》を抜《ぬ》き取ると、まずは邪魔者《じゃまもの》から排除しようと少年の方へと歩み寄ろうとした。

「や、やめてください！　弟には――」

「黙《だま》ってろこのアマ！」

「ぐぅ……！」

蹴《け》りを受けて村娘が転がる。男はそれを見てケラケラと笑った後、再び少年の方へ足を進めた。

「さぁて、悪いことをする腕は斬《き》り落とさねえとなァ？」

「や、やめ――」

村娘の制止にも止まらず、男は剣を振り下ろす。

その残酷《ざんこく》な行いをする中でも、男の顔には嗜虐《しぎゃく》的な笑みが張り付いていた。

――ギシュッ。

鮮血《せんけつ》が腕から舞《ま》い、男の笑みが一層深くなる。

が――。

「あン？」

男の目の前にいる少年は無傷だった。

そういえば、剣を振り下ろす途中《とちゅう》で黒い何かが横切った気がすると、男は思い起こす。

そして……。

「あ、アぁあああ！　オレの、オレの腕がァあああ！」

遅《おく》れて激痛を感じ取ったのか、男は叫声を上げてその場にうずくまる。

吹《ふ》き飛んだのは少年ではなく男の片腕だった。

「――悪党だが、一つだけ良いことを言った」

突如《とつじょ》かけられた声に男が顔を上げる。

「悪いことをする腕は斬り落とさないとな」

そこには、黒衣を纏《まと》った青年が漆黒《しっこく》の大鎌《おおがま》を担《かつ》いで立っていた。

＊＊＊

――ドガッ！

俺は盗賊団の頭領が陣取《じんど》っているという酒場の扉《とびら》を強引《ごういん》にこじ開けた。

中へと足を踏《ふ》み入れ、同行していたメイアも俺に続く。

ちなみに頭領がいる場所は村娘を襲《おそ》っていた男が快く教えてくれた。

「なンだ貴様は！」

「ラヌール村を解放しろ。そうすれば手荒《てあら》な真似《まね》はしない」

「ああン？　何寝《ね》ぼけたことを吐《ぬ》かしてやがる。おい、見張りは何してやがった！」

「見張りの連中なら外で仲良く眠《ねむ》ってるよ」

「ンだと……？」

頭領の男はしばらく呆《ほう》けた顔をしていたが、やがて状況を理解したのか、呑気《のんき》にも手にしていた酒器を慌《あわ》てて卓上《たくじょう》に叩《たた》きつけた。

「オメェはいったい何なンだ！　オレたちを襲撃《しゅうげき》しようってのか!?」

「ラヌール村を襲っておいて襲撃とは、よく言う」

俺の返しに頭領の男はギリッと歯噛《はが》みする。

何故《なぜ》こういう輩は自分のした行いが自分に返ってきた時に不服そうな顔をするのだろうか。前々からの疑問である。

「そういえばその黒衣を纏ったシルエット……。そうか、オメェが正義の執行人様ってわけかい。しかし何故この村へ……」

「そんなことはどうでも良い。説明したところで、他人の糧《かて》を食い物にして酒を呷《あお》るお前らには分かるまいよ」

「あぁン？」

《銀の林檎亭》を訪れたトニト村長の行動は、決死の覚悟《かくご》がいるものだったはずだ。抜け出したのが盗賊団に見つかっていれば殺されていた可能性すらある。それでもトニト村長は俺の所へと来て、自分だけ保護を求めるのではなく村を救ってほしいと言った。

だから、俺はその想《おも》いに報《むく》いなければならない。

「さしずめオレたちを鎮圧《ちんあつ》しようって腹か……。しかぁし！　あれを見ろ！」

頭領の男がパチンと指を鳴らして合図すると、奥の部屋から盗賊団の男たちが現れる。後ろ手に縛《しば》られた数人の村人。その喉元《のどもと》に剣を当てながら。

「クックク、状況が分かったか？　分かったら大人しく武器を捨てな」

「人質《ひとじち》ってわけか……」

「そういうことだ。手出しするなら村人の命は無ぇ。ああそれから、そっちの嬢ちゃんを寄越せ。そうしたら部下の連中の手がうっかり滑《すべ》ることもないだろうからなぁ」

「メイアをどうするつもりだ？」

「そりゃあ、奴隷として売っぱらうんだよ。その嬢ちゃんなら相当に良い値がつきそうだからな。何ならこの場で可愛がってやってもいいンだぜ？」

「……」

——屑《くず》が。

頭領の男は人質がいるから手出しできないと踏んでいるのか、勝ち誇《ほこ》った顔をしている。

だが——。

「メイア」

「はい」

その短いやり取りだけで意図を伝えるには十分だった。

俺は後ろにいるメイアと言葉を交《か》わした後、漆黒の大鎌《イガリマ》を構えて盗賊団の頭領の注意を惹《ひ》き付ける。

「お、おいっ。いいのか⁉　こっちには人質がいンだぞ！」

「好きにすれば？　人質に手を出せるんならな」

「ンだとぉ⁉」

——ドサリ。

人質を押《お》さえつけていた連中が一斉《いっせい》に倒《たお》れ込む。

「ば、馬鹿《ばか》な！　さっきまで……！」

背後を振り返った頭領の男が驚《おどろ》くのも無理はない。

先程まで俺の後ろにいたメイアがそこに立っていたのだ。しかも足元には気絶した屈強《くっきょう》そうな男たちが転がっている。

「ソンな……、瞬間《しゅんかん》移動でもしたってのか……？」

「あら、お褒《ほ》めいただきありがとうございます。でも、私はアデル様ほど速くは動けませんよ」

メイアはにこやかな笑みを浮かべていた。

頭領の男にはメイアの動きが知覚できなかったのだろう。目を見開いて驚愕《きょうがく》の表情を浮かべている。

メイアのジョブ――【アサシン】が持つジョブスキルの一つ、《気配遮断《しゃだん》》の影響《えいきょう》だった。

「こんな……、メイドみたいな格好した嬢ちゃんが……」

「みたいな、ではなく実際にアデル様のメイドですけどね」

仲間を失った頭領の男は焦《あせ》りに駆られた様子で短剣を掴む。

まだ交戦するつもりらしい。

「くそっ！　こうなったら、俺のジョブの力で――」

――ドゴッ！

イガリマの柄《え》で一撃を見舞ったところ、頭領の男は盛大《せいだい》に吹き飛び壁《かべ》に大穴を空けた。

「すまん、何か言ったか？」

問いかけたが返ってくる言葉は無い。

どうやら気絶したようだ。

「執行完了《ざまあみやがれ》――って、聞こえちゃいないか」

俺はイガリマを背負い直し、メイアの方へと歩み寄る。

「お見事です、アデル様」

「メイアもお疲《つか》れ」

メイアはパンパンとスカートを叩《はた》き衣服を整えていた。

そして俺は取り出した林檎《りんご》を齧《かじ》りながら、頭領の男が突《つ》っ込んだ壁の大穴を見つめる。

「……」

「どうしました？　アデル様」

「いや、建物の壁さ。後で酒場の店主に弁償《べんしょう》しなきゃと思ってな」

「……アデル様ってば、ほんとに余裕《よゆう》ですよね」

そうやって会話を交わす俺とメイアを、人質から解放された村人たちがポカンと口を開けて見ていた。

「さて、お前に聞きたいことがある――」

俺は盗賊団の頭領が目を覚ました後で尋ねる。

ラヌール村を蹂躙していた盗賊団を叩きのめしたことで、村人たちを苦しめていた癌は取り除くことができた。

しかし、ラヌール村での一件はまだ根本的に解決していない。

「な、何だ……？」

俺はすっかり萎縮《いしゅく》した盗賊団の頭領に嘆息《たんそく》しつつも、早速《さっそく》本題から入ることにした。

「お前ら盗賊団にラヌール村を襲うよう指示を出していたのは誰《だれ》だ？」

「……っ！　さ、さて、何のことだか……」

頭領の男の、明らかに見て取れる動揺《どうよう》。カマをかけてみたがやはりそういうことか。

今回のラヌール村襲撃事件の裏では、盗賊団を指揮していた人物がいたのだ。

「まあ、おおよその見当はつくんだが。村襲撃の裏で糸を引いていたのはラヌール村の領主。そうだな？」

「そ、そンなことはねえ！　なに勝手なことをほざいてやがる！」

俺は一つ息をつき、往生際《おうじょうぎわ》が悪い頭領を睨《ね》めつけた。

黒幕を執行しておかないとまた同じことが繰《く》り返される恐れもある。ラヌール村の住人たちの今後を考えれば、トカゲの尻尾《しっぽ》を切って終わらせてはいけない。

——仕方ないな。

「なあ。お前、『瞼《まぶた》落としの拷問《ごうもん》』って知ってるか？」

俺は努めて冷ややかな声を頭領の男に投げかける。

「は？　瞼落とし……？　なに言って──」

「その拷問のやり方は簡単だ。対象の瞼を斬り落とすんだよ」

「……っ⁉」

「そうするとな、瞼が無くなるもんだから、そいつは瞬《まばた》きすることができなくなる。死にはしないんだが、それが逆に恐怖《きょうふ》でな。目が乾《かわ》いて乾いて、日常が地獄《じごく》に変化するらしい」

その後に俺が言うことを察したのか、頭領の顔から血の気が引いていった。

俺はイガリマの切っ先を徐々《じょじょ》に頭領へと近づける。正確には頭領の瞼に向けてだ。

「俺も初めて聞いた時はそんな残酷な方法を思いつく奴がいることに驚いたんだが、今はそれに感謝してるよ。だって──」

「ラヌール村の領主だっ！」

頭領の男は俺が言葉を言い終えるより早く、ありったけの声量で叫《さけ》んでいた。

「ん？」

「は、白状するっ！　裏で絵を描《か》いていたのはラヌール村の領主だ。アイツは村の小作料の支払いが少なかったことを嘆《なげ》いていた。けど領主の立場もあるからってンで、オレたちを経由して金を集めようとしてたンだよ！　た、頼《たの》む。これで許してくれ……！」

「オーケー」

俺は頭領の男に突き付けていたイガリマを引き、肩《かた》に担ぎ直す。

もちろん、頭領に拷問をしようと見せたのは答えを引き出すための「フリ」だ。

とにかく、必要な情報は引き出せたことだしこれで良しとしよう。

盗賊団の連中はきっちりと縛っておき、トニト村長から王都の自警団などに突き出してもらうなどすれば良いだろう。

「さて、それじゃ領主《くそやろう》の館《やかた》に向かうとしますか」

＊＊＊

「し、知らない！　ボクはそんなヤツ知らないぞっ！」

盗賊団と交戦した同日の夕刻。

盗賊団から聞き出した情報を元に、俺とメイアは早速ラヌール村の領主の館へと足を運んでいた。

俺は盗賊団の頭領が白状した内容を明かして領主を問い詰《つ》め、今に至る。

「へぇ、知らないのか。盗賊団はアンタから指示を受けてラヌール村を襲ったと証言してるが？」

「そ、そんな証言、アテになるもんか！　ボクを貶《おとし》めるため嘘《うそ》をでっちあげたに決まってる！」

「あくまでしらを切るつもりなんだな」

なぜ悪党は皆《みな》、往生際が悪いのだろうか。

ラヌール村の領主の外見は想像通りというか、肥え太った豚《ぶた》のような印象だ。これが領民たちに圧政を敷《し》いてきた結果なのだと思うと反吐《へど》が出た。

俺は面倒《めんどう》だなと思いながら執行人のジョブの力を使用し、青白い文字列を浮かび上がらせる。

すると、そこにはラヌール村の領主の名前と共に、悪行を働いてきた分だけ数値が上昇《じょうしょう》する《執行係数》が表示された。

＝＝＝＝＝＝＝＝＝＝＝＝＝＝＝＝＝＝＝＝＝＝＝＝＝＝＝＝
対象：ダーナ・テンペラー
執行係数：１２５３９ポイント
＝＝＝＝＝＝＝＝＝＝＝＝＝＝＝＝＝＝＝＝＝＝＝＝＝＝＝＝

――高い数値だ。

これまで間接的とはいえ、盗賊団を使って多数の領民たちから搾取《さくしゅ》を続けてきたということなのだろう。

執行係数の数値が一万以上という高い数値を示していることから、長期間に及ぶ凶行《きょうこう》であることが窺えた。

こんな理不尽を振りまくクソ野郎を野放しにはできない。

「もう一度聞く。アンタ、嘘はついていないんだな？」

「当たり前だ。ボクほど清く誠実な人間はいないんだ！　そんな盗賊団など知らないっ！」

「オーケー」

俺は領主ダーナの言葉を受けて、再度念じる。

＝＝＝＝＝＝＝＝＝＝＝＝＝＝＝＝＝＝＝＝＝＝＝＝＝＝＝＝＝＝

累計《るいけい》執行係数：51729ポイント

執行係数5000ポイントを消費し、《魔獣召喚《まじゅうしょうかん》》を実行しますか？

＝＝＝＝＝＝＝＝＝＝＝＝＝＝＝＝＝＝＝＝＝＝＝＝＝＝＝＝＝＝

「アデル様、アレを喚《よ》び出すんですね。見た目がちょっと……いえ、かなり気持ち悪いので私は苦手なのですが……」

「まあそう言うな、メイア。ちょっと目でもつむって我慢しててくれ」

俺が何を召喚しようとしたのか察したメイアが、ギュッと両目を閉じる。それがどこか可愛らしくて笑ってしまった。

「召喚、ヘルワーム――」

――キュルルルル。

俺が唱えると蛇《へび》のような見た目をした魔獣が現れ、ダーナの首に絡《から》みつく。蛇というよりベトベトの粘液《ねんえき》を纏った巨大《きょだい》ミミズと言った方が良いかもしれない。

「な、なな、何だこの気持ち悪い化け物は！　この、くそっ！」

「無理無理。戦闘《せんとう》系のジョブを持ってなさそうなアンタにそいつは引き剥がせないよ」

「おのれ貴様、ボクに何をするつもりだ！」

「俺は別にもう何もしないさ。ただ、その魔獣について教えてやろうかと」

「お、教えなくていいから早くこの化け物を取り除け！」

ダーナは首に絡みついたヘルワームを外そうとするが叶《かな》わなかった。

ヘルワームの纏うベトベトの粘液が、高そうなダーナの衣服を汚《よご》していく。

「いいか？　そいつはな、人間の吐《は》く『嘘』が大好物なんだ」

「嘘……？」

「ああ。そいつは嘘を吸って生きてるんだよ。まあ、嘘と一緒《いっしょ》にその人間の生気まで吸い取っちゃうんだが……。要するに、嘘をついたらアンタはどんどん衰弱《すいじゃく》していくってわけだ」

「そんな理不尽なことがあるか……！　このボクが、何でこんな仕打ちを受けなくちゃいけないんだ！　せっかく領主の地位に就《つ》くことができたんだ。ボクは死にたくなんてない！」

理不尽なのはお前がしてきた行いの方だろうが。

日々、圧政に苦しむどころか命の危険にすら晒《さら》されてきた人間がどれだけいると思ってる。その一方でお前だけが果実酒を片手に肉を頬張《ほおば》るのか？　領主という地位にいるだけで？

——冗談《じょうだん》じゃない。そんな理不尽はぶち壊《こわ》してやる。

「なぁに、平気さ。アンタがさっき自分で言ったような『清く誠実な人間』ってのが本当なら、何の支障も無い。その魔獣は嘘が食べ続けられないとすぐに消滅《しょうめつ》しちゃうからな。ただ、あんまり嘘をつき続けるとヘルワームはアンタを宿主と認めて一生離れなくなるから気をつけてくれ」

俺はそこで一度言葉を切り、そしてダーナに向けて尋ねる。

「ところでもう一度、質問だ。アンタは盗賊団を使って領民から搾取をしたりしていない。そうだな？」

「そ、その通りだ！　ボクはそんなことやっちゃいない……！　だから早くこの魔獣を――ぐぇぇええええええ！」

ヘルワームがダーナの喉元に口を押し付けている。

ダーナが嘘をついている、ということだ。

「決まりだな。領民のことより自分の私腹を肥やすことだけ考えてきたこの下衆《げす》め。明日、王都の自警団を寄越す。それでお前は終わりだ」

「そんな……。ボクは常に領民のことを第一に考えてきて――ぎょえええええええええ‼」

また嘘。

「許してくれ……。このままじゃ死んでしまう……。それに、こんな気持ち悪い魔獣が取り付いているなんてそれだけで地獄だぁ……。黒衣の執行人様、貴方《あなた》に忠誠を誓《ちか》います。領民にも謝罪をするから――ごがぁあああああああ！！！」

またまた嘘。

別にこちらから問いかけているわけじゃないのに、ダーナは勝手に嘘をついてヘルワームに生気を吸い取られていた。

もはや嘘をつくことが癖《くせ》になっているんじゃないかとすら思える。

やがて生気を吸い取られた影響か、はたまた見るもおぞましい魔獣に取り憑《つ》かれていることの恐怖からか、ダーナは失禁していた。当然、それでもヘルワームは消滅してはくれない。

「まだ目を開けちゃ駄目《だめ》みたいですね……」

やがてメイアがそんなことを言った。

＝＝＝＝＝＝＝＝＝＝＝＝＝＝＝＝＝＝＝＝＝＝＝＝＝＝＝＝＝＝
ダーナ・テンペラーの執行完了を確認《かくにん》しました。
執行係数１２５３９ポイントを加算します。
累計執行係数：５９２６８ポイント
＝＝＝＝＝＝＝＝＝＝＝＝＝＝＝＝＝＝＝＝＝＝＝＝＝＝＝＝＝＝

＊＊＊

「初めまして、ラヌール村の皆さん。新しくこの地の領主を務めることになりました、リリーナ・バートリーと申します」

翌日、ラヌール村にて。俺はバートリー家の当主、リリーナを連れてラヌール村を訪れていた。

領主ダーナをヘルワームで尋問《じんもん》した後のこと。俺はダーナに対し、ある交渉《こうしょう》を持ちかけていた。

その内容は、ヘルワームを取り除くことを条件に、隣接《りんせつ》する土地を保有しているバートリー家へと領地の権限を譲《ゆず》り渡《わた》すというものだった。

もちろんダーナが投獄《とうごく》されることは変わらないのだが、せめてヘルワームに寄生される生き地獄から解放されたいと思ったのだろう。ダーナは即答《そくとう》でその条件を飲み、俺がジョブスキルで喚び出した魔術誓約書《せいやくしょ》に署名をしていた。

「それにしても、名案でしたね。リリーナさんであればラヌール村の人たちも安心でしょう」

「リリーナは俺が召喚したヘルハウンドを従えていることだし、テイマーの腕も確かなものだ。テイムした魔獣を村に配置すれば、今後良からぬことを企《たくら》む輩が現れないよう抑止力《よくしりょく》にもなるだろう」

「さすがはアデル様。文句のない解決の仕方かと」

と、メイアと話していたところ、挨拶《あいさつ》を終えたリリーナが駆け寄ってきた。

ラヌール村の村民は新しい領主が信頼《しんらい》のおける人物だと感じたのか、安堵《あんど》の表情を浮かべている。

「ああ、リリーナ。今回の件、引き受けてくれて助かったよ」

「いえ、私でもお力になれるのであればこのくらい負担でも何でもありません。それに、私がテイムした魔獣を行商の移動手段などに使えば村の経済状態も改善できるはずですし」

そう言ってリリーナはラヌール村の人たちを見つめていた。

かつて俺の元を訪れた時と比べて立派になったものだ。俺がそのことを伝えるとリリーナは穏《おだ》やかに微笑《ほほえ》んで告げる。

「何を言ってるんですか。今の私があるのはアデルさんのおかげです。これからも是非《ぜひ》協力させてください」

これでこの一件は落着したと見て良いだろう。

そうしてラヌール村を後にしようとした俺に、声がかけられる。

「ラヌール村の英雄《えいゆう》、バンザーイ！」

「「「バンザーイ！」」」

見ると、トニト村長を始めとしてラヌール村の人たちがこちらを向いており、感謝の言葉を投げかけてくれたのだった。

＊＊＊

「お疲れ様です、アデル様」

自分の酒場に戻《もど》ってきて、俺とメイアは一息つく。

今回の一件、ラヌール村の人たちも安心していたし、大きな被害《ひがい》も出なかったようで何よりだ。

「ああ。メイアも、いつもサンキュな」

「いえいえ。私も先ほどのリリーナさんと同じ気持ちです。今の私があるのはアデル様のおかげですから」

くすぐったくなるようなことを満面の笑みで言われた。

メイアの用意してくれた紅茶に口を付けて穏やかな時間が過ぎる。

不意に、メイアが何かに思い当たったような表情を浮かべて俺に投げかけてきた。

「そういえばあの子、今日も来ませんでしたね……」

「……少し心配だな」

メイアが言ったのは数日前、花屋の店主マリーの依頼《いらい》を受けた時に出会った獣人少女のことだ。

別に食事券を渡したからといって、ウチの酒場に必ず来るとは限らない。

ただ、食事券を受け取った際に獣人の少女は「絶対に行く」と言ってくれたのだ。それが二週間ほど経とうとしている今でも、酒場に現れていない。

誰かに仕えているからか？　しかし、そこまで自由を制限されているならそれはそれで問題だ。

「気になるな……。明日、情報屋にでも会って調べてみるよ」

「情報屋……、フランちゃんですね」

「ああ」

俺はそう言って、メイアと二人で頷き合う。

「フランちゃん、最近会えてないからちょっと寂《さび》しいですね。私が会いたがってたって伝えてほしいです」

「ああ、分かった。……にしても、メイアはフランのこと好きだよな」

「ええ、それはもちろん好きですよ。でも一番は――」

「ん？」

「ああいえ、何でも」

そう言って、メイアは何故か視線を逸《そ》らしてしまうのだった。

4章　獣人《じゆうじん》少女テティのねがい

「アデルさん。相変わらず林檎《りんご》、好きッスね」

壁《かべ》にもたれかかりながら好物の林檎を食していると、フードを被《かぶ》る小柄《こがら》な少女から声をかけられた。

少女は八重歯《やえば》を覗《のぞ》かせて苦笑《くしよう》した後、フードを取り外すと俺《おれ》に向けて手を差し出してくる。

「アデルさん、久しぶりッス。フランはお会いできて嬉《うれ》しいッスよ。最近またえらく暴れまわってるらしいじゃないッスか」

「ああ。まだまだぶっ潰《つぶ》さなくちゃいけない輩《やから》が大勢いてな」

「くっく、相変わらずッスねぇ」

俺も手を差し出し、少女と握手《あくしゆ》を交《か》わす。

――情報屋フラン。

それが彼女《かのじよ》の名前だ。

フランとは俺が復讐《ふくしゆう》代行屋を始めた頃《ころ》からの付き合いである。

快活に話すその様子からは想像できないが、王都リデイルでも一、二を争う腕利《うでき》きの情報屋というのが彼女の肩書《かたが》きだった。

「メイアさんはお元気ッスか？」

「ああ、元気だぞ。お前が酒場に顔を出してくれないから寂《さび》しがってるけどな」

「フランはここんとこ忙《いそが》しいんッスよ。どっかの誰《だれ》かさんが『王家の様子を探《さぐ》ってくれ』だとか無茶を言うせいで」

「それはすまないな」

フランがやれやれと溜息《ためいき》をつく様子が猫《ねこ》みたいで苦笑してしまう。といっても、獣人のように頭から獣耳《けものみみ》は生えていないが。

「それで、王家の件は何か掴《つか》めたか？」

「かなりガードが硬《かた》くてまだ何も。まるで女性に対するアデルさんみたいッス」

「どういうことだ？」

聞き返したらフランはまたも溜息をついていた。

「そんなんだとメイアさんも苦労してそうッスね……」とか呟《つぶや》いていたが、意味が分からない。

「とにかく、王家のことで何か分かったら教えてくれ」

フランは「分かりました」と答えてから言葉を続ける。

「それにしても、まだ気になってるんッスね、王家のこと。アデルさんを追い出すような節穴のことなんかほっときゃいいのに」

「そうもいかないさ。ここのところ王家と絡《から》んでいる奴《やつ》らと会うことが多くてな。もし王家が何か企《くわだ》てているようなら把握《はあく》しておきたいんだ」

「普段《ふだん》アデルさんが酒場をやってるのもそれが理由でしたっけ？」

「酒場には情報が集まるからな。酒が入るとみんな噂話《うわさばなし》なんかを話しやすくなるし。もっとも、酒場をやり始めたのはメイアがやりたがったからってのもあるが」

「くっく。メイアさんのこと、大事にしてるんッスねぇ」

「まあ、な……」

俺がフランに王家の調査を依頼《いらい》したのはひと月ほど前のことだ。

父王シャルルが俺を追放してから二年間、国政に表立って大きな動きは無かった。が、最近の執行《しっこう》対象に王家との関《かか》わりを持つ連中が多いことから、俺は不穏《ふおん》な空気を感じている。

だからこそ状況《じょうきょう》を把握できればと思っているのだが、フランの話では現状特に進展なしとのことだった。

「で？　今日は何の用ッスか？　王家の件を聞きに来ただけじゃないんでしょ？」

「ああ。さすがに察しが良いな」

フランが投げかけてきて、俺は本題を切り出すことにした。

「実はある子供のことを調べてほしい」

「子供？」

「ああ。獣人の子供だ」

「へぇ。そりゃまた……。何か訳ありッスか？」

フランの言葉に俺は頷《うなず》く。

俺が調べてほしいと思っているのは、先日のマリーの依頼でローエンタール商会に向かう途中《とちゅう》に出くわした獣人少女だ。

あの時、少女は劣悪《れつあく》な環境下《かんきようか》にいることは分かったものの、執行対象の元へ向かうためとりあえずの対処しか取れなかった。

俺の酒場、《銀《ぎん》の林檎亭《りんごてい》》を訪《おとず》れるよう促《うなが》し、直接会った際に詳《くわ》しく事情を聞こうと考えていたのだが、あの少女は二週間ほど経《た》った今でも顔を見せていない。

「自惚《うぬぼ》れかもしれないが、俺が酒場に来るよう言った時、獣人の子は喜んでくれているように見えたんだ。なのに酒場には来ていない。何か良くないことに巻き込《こ》まれているんじゃないかと思ってな」

「なるほど。でも、何でその子に肩入れしようとするッスか？　アデルさんはその子と道でぶつかっただけなんでしょ？」

「だとしてもだ。理不尽《りふじん》な問題を抱《かか》えているかもしれない人間を見過ごして気持ち良く寝《ね》られるほど、俺は器用じゃないもんでね」

「はぁ……。それは器用かどうかの問題じゃなく、単にアデルさんがお人好《ひとよ》しなだけだと思うッスよ。まあでも、そうッスね……。アデルさんがそういう人じゃなければフランは今頃スラム街の路地裏で野垂《のた》れ死んでるッスからね」

フランは呆《あき》れたように言いながらも、にへらっと笑って続けた。

「いいッスよ。引き受けましょう、その依頼。フランも黒衣の執行人様には返しきれない程《ほど》の借りがありますし」

「恩に着る」

俺は獣人の少女と会った時のことや外見の特徴《とくちょう》などを細かくフランに伝え、後日報告を受けることにした。


――フランが《銀の林檎亭》に駆《か》け込んできたのはそれから二日後のことだった。

「フランちゃん？」

「メイアさんお久しぶりッス。でもすみません。今はちょっと急ぎでアデルさんにお伝えしなくちゃならないことがありまして」

「どうした、フラン？　何か分かったのか？」

フランはどこか慌《あわ》てている様子で、酒場に俺とメイアしかいないことを確認《かくにん》する。

そして――。

「アデルさん、マズいッス。このままだと例の女の子、死んじゃうッスよ」

口早にそう告げたのだった――。

＊＊＊

「くっ……、はぁっ……！」

頭がクラクラする。胸の奥《おく》が痛い。まるで心臓を掴まれているみたいだ。

「テティ、痛みますか？」

「大丈夫《だいじょうぶ》、です……。わたしには大司教様の治療《ちりょう》が必要だって、分かってるから」

教会の一室にて。

今日もわたしはクラウス大司教の治療を受けていた。

クラウス大司教がわたしの頭にかざしていた手を下ろすと、淡《あわ》く紫《むらさきいろ》色に発光していた彼《かれ》の手も収まっていく。

「まだ苦しいでしょうが、我慢《がまん》してください。明日までの辛抱《しんぼう》です」

「分かってます……」

「偉《えら》いですよテティ。いよいよ明日、貴方《あなた》も貴方の仲間も救われるのですからね」

明日――。

そう、明日だ。

それはわたしにとって、とても特別な日だった。

「テティ。明日になれば貴方は十歳《さい》となります。獣人族である貴方の血は覚醒《かくせい》することになる」

「……そうすれば、わたしの血を元にして里のみんなを救う治療薬が作れるんですよね？」

「そういうことです。と言っても怖《こわ》がる必要はありません。少量の血を採るだけですから」

クラウス大司教はそう言って柔《やわ》らかく微笑《ほほえ》む。どこか底が見えないような笑い方で、わたしはあまり好きじゃなかったけれど。

――ふた月ほど前、わたしの故郷である獣人の里に謎《なぞ》の病《やまい》が広まった。

里の仲間たちはみんな倒《たお》れ、それはわたしも例外じゃなかった。そこに現れたのが、今わたしの目の前にいるクラウス大司教だ。

病気を完全に治すことはできなかったが、クラウス大司教はジョブの力を使って獣人族の病気の進行を抑《おさ》えてくれた。

さっき、わたしがしてもらっていたのも同じだ。この人が持つジョブスキルは、どうやら病や怪《け》我《が》の治療をする能力らしい。

ある日、里に留《とど》まっていたクラウス大司教は「病を根絶できる手段が見つかった」と言った。獣人族の血を原料として、病気の治療薬が作れるのだと。

但《ただ》し、それには獣人族の覚醒して間もない血が必要とのことだった。

そして、わたしは里のみんなを救うべく志願した。

覚醒の条件である適齢《てきれい》に最も近かったのがわたしということも理由にある。

——でもそれ以上に、わたしは里のみんなを救いたかった。

そうして、わたしはクラウス大司教のいる王都リデイルの聖天教会に移り住むことになる。

何でもクラウス大司教は人を救うための様々な研究をしていて、その手伝いもしてほしいとのことだった。

割り当てられた部屋は物置のような部屋で、決して居心地《いごこち》の良い環境とは言えない。ロクに食事も与《あた》えられず、深夜に小間使いされることもあった。

でも、そんなことはどうでも良かった。

里のみんなを救えるのであれば、このくらい。

本当に治療薬を作ってもらえるんだろうかという疑念と不安は、不思議と教会に来てから消えていた。

「病気の進行を遅《おく》らせる効果がある」という鉄の首輪を着けてもらったのが良かったのかもしれない。

「ではテティ。また夜に」

「はい、大司教様」

クラウス大司教はわたしに必要最低限の言葉だけを残して部屋から出ていく。

——パタン。

一人になった後で、わたしはゴロンと横になる。といってもそこはベッドというより石を並べただけという感じの硬い寝床《ねどこ》だった。

クラウス大司教の治療が終わった後でも、まだ体は重いままだ。

「……」

わたしは思い起こして、ボロボロの衣服の中に手を入れる。

そこから取り出したのは一枚の紙切れだった。

名前も分からない人にもらったその紙は、何故《なぜ》か今ではクラウス大司教の治療や、首に着けられた治療用の鉄輪よりもわたしにとっての支えになっていた。

——それは俺の酒場で使える食事券だ。今度ウチに来ると良い。飯をたらふく食べさせてやる。

この紙を差し出しながら言ったその人の言葉が蘇《よみがえ》り、少しだけ体の痛みが引いた気がした。

「確か、《銀の林檎亭》だったかな……」

あの時は偶然《ぐうぜん》出会った獣人に何でそんなことをするんだろうと思ったけど、その人にとっては当たり前のことだったのかもしれない。

だってその黒い服を着た人は、とても純粋《じゅんすい》で綺麗《きれい》な目をしていたから。

渡《わた》された食事券にはその人の優《やさ》しさが込められている気がして、見ると心が温かい気持ちで満たされていく。

——今回のことが終わったら、絶対あの人のところに行こう。あの時優しくしてくれたおかげで頑張《がんば》れたと。そうやってお礼をしに行こう。

私はそんな想《おも》いを胸に浅い眠《ねむ》りにつく。

そうして、夜——。

「テティ、起きていますか？」

日付が変わって、わたしの部屋にクラウス大司教がやって来た。

わたしはクラウス大司教に連れられて、教会の中でも一際《ひときわ》広い祭壇《さいだん》の間へと案内される。初めて来る場所だったが、そこには月の光が天窓から降り注いでいて、何だかとても幻想《げんそう》的な光景だった。

「では、テティ。こちらに」

「はい」

クラウス大司教に促されて、わたしは荘厳《そうごん》な装飾《そうしょく》が施《ほどこ》された祭壇に上がり横になる。

人の血を扱《あつか》うのは神聖な儀式《ぎしき》だからということだったが、少しの血を採るにしては大げさではないかとも思う。

祭壇の横に置いてある金属製の杯《さかずき》も気になった。血を入れる器《うつわ》にしてはやけに大きい。

──本当に、血を少し採るだけなのだろうか？

そんな思いがよぎるが、わたしの中からすぐにその疑念は消える。余計なことは考えなくていい、クラウス大司教に従えばいいのだと、頭の中で誰かに言われた気がした。

「では。始めますよ、テティ」

クラウス大司教が言って、儀式用の短剣《たんけん》を掲《かか》げる。

あれでわたしの血を少しだけ採って、それを治療薬の原料にするのだ。そうすれば病気にかかった里のみんなは救われる。

「……」

そこで脳裏《のうり》に新たな疑念が浮《う》かぶ。

──剣？　なぜ？　事前の話では針のようなもので血を採るのではなかったか？

そんなわたしの思考は、クラウス大司教の行動によって断《た》ち切られることになる。

──ザクリッ。

「あぁああああああああっ！」

痛い、痛い、痛い──！

激痛――。腕から――。何で……？

わけも分からず、わたしは反射的に痛みの方へと顔を向ける。

目に映ったのはわたしの腕に深々と突き刺《つさ》さった短剣と、おぞましい笑《え》みを浮かべたクラウス大司教の姿だった。

絶対に少量の血を採取するためではないその行為《こうい》に、わたしの頭は更《さら》に混乱する。

「ク、クク……。アーハッハッハァ！」

「大司教、様……？」

「待ちわびましたよ、この時を！　これで……、これであの方に捧《ささ》げるための《ソーマの雫《しずく》》が手に入るっ！」

「ソーマの、雫……？」

クラウス大司教が恍惚《こうこつ》とした表情を浮かべながら発した言葉は、聞いたことのないものだった。

いや、今はそれどころじゃない。

一体何が起きたのか、なぜこんなことをされるのか理解できないが、逃《に》げなくては。

わたしは本能でそう感じて起き上がろうとするが、体はわずかに揺《ゆ》れるだけで思うように動いてくれない。

「な、んで……」

「ほう、私が奴隷錠《どれいじよう》に魔力《まりよく》を注いでいるというのに抗《あらが》いますか。これは面白《おもしろ》い」

「――奴隷錠？　何のこと……？」

「貴方に付けたその首輪のことですよ。魔力を注ぐことで他人の精神を制御《せいぎょ》する効果があるんです。実に優《すぐ》れものでしょう？」

「……え？　これは病気の進行を遅らせるためのものだって……」

「過去の遺物ですし、貴方が奴隷錠の存在を知らないのも無理はありませんがね。これを使って、貴方が余計な疑念を持たないよう思考を制御していたんですよ、テティ」

クラウス大司教の言っていることが分からない。

思考を制御――？

何のために――？

疑念を持たないよう――？

何に対して――？

「ど、どういうこと？　わたしの血を元にして、それで獣人族《みんな》を救う薬を作ってくれるはずじゃ……」

「そうですよ、テティ。これで人間達《みんな》を救う薬が作れるんです」

クラウス大司教がぬめりと笑う。それは一度も見たことの無い顔だった。

「覚醒して間もない獣人族の生き血。それが私には必要だったんです。私が本当に求める薬を作るためにね」

「本当に求める、薬……？」

「ええ。人の精神を意のままに操《あやつ》る《ソーマの雫》という魔薬ですよ。貴方に着けた奴隷錠の量産販とでも言えば良いんでしょうか。これにより多くの人民が救済されるのです」

何がおかしいのか、クラウス大神官は口に手を当てて声を漏《も》らしていた。

どこかが狂《くる》っている。そう感じさせるような笑い声。

「騙《だま》して、いたの……？　獣人族のみんなが病気なのを良いことに……！」

「んー、ちょっと違《ちが》いますかね。あれは病気ではなく『毒』ですから」

「毒……？　まさか……」

「はい。獣人族たちが倒れたのは私のジョブスキルで生み出した毒によるものです」

「っ——！」

「いやはや、獣人族の耐性《たいせい》の高さには驚《おどろ》きましたよ。さすが竜族《りゅうぞく》に次ぐ力を持つとされる種族だ。本来ならば私の毒で全員意識を失うはずだったんですけどねぇ」

クラウス大司教は手にした短剣を指先でなぞりながら、嬉々《きき》として語っている。そんな姿に強い怒《いか》りが湧《わ》いてくるのを感じた。

「手負いとはいえ、強力なジョブを持つとされている獣人族と敵対するのは危険。そう判断した私は、友好的に取り入ろうと演技してきたわけです。おかげで面白いものも見れましたけどね」

「面白い……もの？」

「獣人族が繰《く》り広げてくれたお涙頂戴《なみだちょうだい》の見世物のことですよ。貴方に感謝して見送る里の者たち。中には涙ながらに送り出す者もいましたか。いやぁ、実に滑稽《こっけい》でした。テティ、貴方が利用されて殺されるとも知らずにね」

コイツは……、コイツは……。

わたしの血を得るために、自分が欲する薬のために、里のみんなを毒で侵《おか》して、みんなを馬鹿《ばか》にして。

こんな奴のために、わたしは殺されると？

「んん、この味。実に甘美《かんび》ですね。さすがソーマの雫の原料となる血だ。甘《あま》い甘い甘い」

「ひっ……！」

クラウス大司教がわたしの腕から溢《あふ》れた鮮血《せんけつ》に舌を這《は》わせている。

狂った表情。不快な行為。

わたしは逃《のが》れようとするが、やはり体は動いてくれない。

「おっと、いけないいけない。貴重な血を私が独り占《じ》めするわけにはいきませんね。あの方に献上《けんじょう》するためにももっと血を採取しないと。……よっ、と」

──ザク、ザクッ！

「あぁあああああ‼」

クラウス大司教がわたしの腕を再び突き刺す。

今まで見たこともない量の血液が流れ出し、クラウス大司教はそれを金属製の杯に注いでいた。

あまりの痛みに気が狂いそうになって、わたしは身じろぎする。

「ん？　何ですコレは？」

と、不意にクラウス大司教の手が止まる。

目の先には一枚の紙が落ちていた。わたしがもがいた際に落ちたらしい。

クラウス大司教は不快そうに紙を拾い上げる。

それは、わたしが大切に持っていた、あの人からもらった食事券だった。

「あ……」

「まったく、誰から渡されたか知りませんがこんなもの。もう貴方には必要ないというのに」

「待っ——」

——ビリィ！

クラウス大司教がそれを破り捨て、足で踏《ふ》みつける。

名前も知らないあの人の優しそうな笑みがよぎって、わたしの心ごと引き裂《さ》かれてしまったかのような感覚だった。

——今回のことが終わったら、絶対にあの人のところに行こう。あの時優しくしてくれたおかげで頑張れたと。そうやってお礼をしに行こう。

そんなわたしの願いが叶《かな》うことはもう無いと、そう告げられたような気がした。

「あ、あぁ……」

瞳《ひとみ》から涙が溢れる。

それが悔《くや》しかったからなのか、悲しかったからなのか、それとも怒りによるものだったのかは自分でも分からない。

「そんな……。こんなの、わたしはイヤだ……」

「おおテティよ、そんなこと言わないでください。貴方の犠牲《ぎせい》で私の宿願は叶うのです。人を意のままに操れる魔薬を捧げれば、きっと王家にいるあの方もお喜びになるでしょうからね」

クラウス大司教は両手を広げて嬉しそうに言っている。

あの方というのが誰のことかは分からないけど、今はそんなことどうだって良かった。

「みんなは……、獣人族のみんなはどうなるの？」

「生憎《あいにく》ですが、人の姿をした家畜《かちく》どもに構っている暇《ひま》はないものでね。私の毒に冒《おか》されたまま、くたばってもらうとしますよ」

……。

………。

──こんな……、こんな理不尽なことがあるんだろうか。

何だかよく分からない感情が渦巻《うずま》くのを感じて、わたしはクラウス大司教を睨《にら》みつける。

でも、どうしようもない。体がロクに動いてくれないのだ。

「さて、それではそろそろ仕上げといきますか」

「……っ！」

クラウス大司教はわたしの胸の上で短剣を構えている。

心臓を目掛《めが》けて振《ふ》り下ろすつもりなのだということは、薄《うす》れる意識の中でも理解できた。

「仲間を救うため苦痛に耐《た》える貴方の姿。実に感動的でしたよテティ。それでは、さようなら」

剣がそのままわたしの体めがけて振り下ろされる。

諦《あきら》めるには十分だった。

――ああ、一度はあの人と話がしてみたかったな。

そんな想いを最後に、わたしは目を閉じる。

そして――。

――ギィンッ！

やってくるはずの痛みはなく、代わりに甲高《かんだか》い金属音が響《ひび》く。

「な――ッ！」

「このクソ司教が。お前は絶対に許さん」

目を開けてそこにいたのは、黒い服を着たあの人だった――。

＊＊＊

「クッ……、小癪《こしやく》な！」

俺は魔鎌《まれん》イガリマで大司教クラウスを弾《はじ》き飛ばし、祭壇に横たわっていた獣人少女、テティとの間に割って入った。

クラウスが構えていた短剣はイガリマの一撃《いちげき》を受けて粉砕《ふんさい》されている。

「黒のローブに漆黒《しつこく》の大鎌《おおがま》……。そういうことですか。まさか、《黒衣の執行人》に嗅《か》ぎつけられるとは……」

「ったく、聖天教会がこんなことをしているとは思わなかったよ。お前ら、神の名の元には皆平等《みな》とか掲げていた気がするんだが、それはどこかにいったらしいな。……いや、元々そんな主義は持ってすらいないか」

クラウスは俺と距離《きょり》を取ると、引きつった笑みを浮かべていた。やはりフランが持ち込んだ一報は正しかったらしい。

フランから事の顛末《てんまつ》を聞いた俺たちは、すぐさまテティが囚《とら》われているというこの聖天教会にやって来た。

道中、多くの騎士《きし》がいて行く手を阻《はば》もうとしてきたが、今はメイアとフランが足止めしてくれている。おかげで俺は単身、この場所へと駆けつけることができていた。

「大丈夫か？」

俺はテティに声をかける。

その腕は痛々しく斬《き》りつけられていて、それが俺の怒りを一層強いものにした。

「あ、あなたは、どうして……？」

「腕利きの情報屋がいてな。事情は全部聞いた。あのクソ司教がくだらない野望のために君を殺そうとしてるってことも。だから、助けに来た」

「そう、じゃない……。どうして？　一度、道で会っただけのわたしの、こと……」

「……理不尽な目に遭《あ》っている人間を放っておけないタチなんだよ。それに、誰かを助けるのに理由なんか必要ないだろ？」

「っ……」

テティは赤い瞳を見開いて、そしてその後に「ありがとう」と小さな声で呟いた。

俺は改めてクラウスと対峙《たいじ》し、その執行係数を再確認する。

＝＝＝＝＝＝＝＝＝＝＝＝＝＝＝＝＝＝＝＝＝＝＝＝＝＝＝＝＝＝＝
対象：クラウス・エルゲンハイム
執行係数：126950ポイント
＝＝＝＝＝＝＝＝＝＝＝＝＝＝＝＝＝＝＝＝＝＝＝＝＝＝＝＝＝＝＝

これまでに執行してきた連中と比べても相当に高い執行係数。

十万を超《こ》える執行係数となると、多人数の生命を脅《おびや》かす程の存在である。それは大司教クラウス・エルゲンハイムの悪逆さを物語っていた。

「やれやれ、どうして私の計画を邪魔《じゃま》しようとするのか……。私がやろうとしているのは人民の救済だというのに」

「あ？　獣人族を犠牲にして人を操る薬を作ることのどこが救済だ」

「分かってませんねぇ。支配される、というのはとても幸せなことなのですよ。それに気づかなければね」

「……」

「何も疑問を感じず、何も考えず、支配者の造った箱庭と秩序《ちつじょ》の中でただ生き続ける被《ひ》支配者。それこそが理想の世界です。私はその新世界で必ず支配者階級に入ってみせる。その実現まであと一歩なのですよ。自分に関係ない家畜の死など、気にする必要は無いでしょう?」

クラウスは嬉々として語る。

「…………屑《くず》が。お前のそのくだらない野望、ぶち壊《こわ》してやる」

「ククク、それはどうですかねぇ。心優しい黒衣の執行人様」

「何?」

問いかけるのと、俺の背後で音がしたのはほぼ同時だった。

「――あ、ぁあああああああああっ!」

振り返るとテティがもがきながら悲鳴を上げていた。

――これは……、テティの首に着けられた鉄の首輪が発光している?

発光が収まったかと思うと、テティは俊敏《しゅんびん》な動きで跳躍《ちょうやく》し俺とクラウスの間に着地した。

「く、うぅ……ぐぁ……」

その目はまさに獰猛《どうもう》な獣のようで、先程までのテティの様子とは明らかに異なっている。

「お前、テティを……」

「ええ、そうです。テティに着けた首輪は奴隷錠と言いましてね。私の魔力を流し込むことで精神を操作できる代物《しろもの》なんですよ」

「この……、外道《げどう》が」

「何とでも言うが良い。これで彼女は私の操り人形だ。優しい優しい貴方は何の罪もない彼女を攻《こう》撃《げき》できますかねぇ？」

「……」

「さぁ役立ってもらいますよ、テティ。獣人族の中でも最強と謳《うた》われた【神狼《ヴァナルガンド》】のジョブでね」

「あ、あぁ……！」

クラウスが奴隷錠に向けて手をかざすと、テティが苦しそうに呻《うめ》き声を上げる。

そして次の瞬間《しゅんかん》、彼女の体が眩《まばゆ》い銀色の光に包まれ始めた。

——これは……、可視化された魔力か……。

「ぐ、うう……」

テティの周りを包む銀の光は目視でも確認できるほどで、その光は彼女の手を大爪《おおづめ》で、体格を毛皮で、牙《きば》で覆《おお》い尽《つ》くしていく。

それはまるで、銀の炎《ほのお》を纏《まと》ったかのようだった。

テティは二足で石畳《いしだたみ》を踏みしめており、人の形から変化したわけでもない。しかしそれでも、爪や牙を形取る銀の光に包まれたその姿は、伝説の銀狼と伝えられるフェンリルの体貌《たいぼう》を彷彿《ほうふつ》とさせるものだった。

「素晴《すば》らしい。素晴らしいですよテティ。さぁ、私の神聖な儀式を邪魔した害虫を駆除《くじょ》するのです！」

クラウスは大げさに両手を広げ、高揚《こうよう》した様子で叫《さけ》んだ。

——奴隷錠でテティを操作し俺にぶつけるつもりか。屑の考えそうなことだ。

「テティ、その男を攻撃しなさい」

「……イ、やダ………」

「フフ、抗っても無駄《むだ》です。こうして奴隷錠に流し込む魔力を増幅《ぞうふく》させてやれば、ね！」

「グ、ガァアアアアア――！」

破壊衝動《はかいしょうどう》に塗《ぬ》りつぶされたような咆哮《ほうこう》の後、テティの赤い瞳がより紅く染まる。

そして、その瞳は次に俺の姿を捉《とら》えていた。

――ビシュッ！

瞬速の一閃《いっせん》が俺の髪《かみ》をわずかに散らす。

並の人間であればその攻撃で胴《どう》を裂かれていたと、そう思わせる程の一撃。俺はそれを後方に跳《と》んで回避《かいひ》する。

外見は小柄な少女のままだが、体に纏った銀の光が放つ圧力は凄《すさ》まじいものだった。

いつの間にかクラウスに傷つけられた腕も回復している。

「私が腕を刺した傷も完治ですか。さすがといったところですね」

「お前は知ってたんだな。この子のジョブを」

「ええ。まさかここで役立ってくれるとは思いませんでしたが」

クラウスが鼻にかかる声を漏らす中、操られているテティは連続して俺に攻撃を仕掛けてきた。

祭壇を土台にして跳躍し、一撃。次は壁面《へきめん》を蹴《け》って加速し、二撃目。

高速で繰り出される三次元的な攻撃を躱《かわ》しつつ、俺はイガリマを振るうこと無くテティの動きを

追う。

「ククク。やはり貴方に彼女を攻撃することはできないようですね。処刑《しょけい》される前の家畜としては十分すぎる活躍《かつやく》です、テティ」

「ウ、ウゥ……」

テティの赤い瞳から涙が溢れ出す。

嫌《いや》だ、と――。

屈《くっ》するな、と――。

抗え、と――。

そんな彼女の心の叫びが溢れ出す。

「貴方の狙《ねら》いは分かりますよ、黒衣の執行人。彼女を操っている奴隷錠を破壊しようとしているのでしょう？」

「……」

「しかし無駄というもの。獣人族の中でも百年に一度現れるとされる【神狼《ヴァナルガンド》】のジョブ。その持ち主である彼女を捉えることなど、できるはずがありません」

確かにクラウスの言う通り、テティの動きは相当な速さだった。かつて戦ったゲイルや盗賊団《とうぞくだん》の連中とは比にならない。

――だが、捉えられないことはない。

俺は間合いを測りながら、テティの動きが僅《わず》かに鈍《にぶ》ったその隙《すき》にジョブスキルを発動した。

＝＝＝＝＝＝＝＝＝＝＝＝＝＝＝＝＝＝＝＝＝＝＝＝＝＝＝＝＝＝
累計《るいけい》執行係数：58268ポイント
執行係数30000ポイントを消費し、《神をも束縛する鎖《レージングル》》を実行しますか？
＝＝＝＝＝＝＝＝＝＝＝＝＝＝＝＝＝＝＝＝＝＝＝＝＝＝＝＝＝＝

――承諾《しょうだく》。

「神をも束縛する鎖《レージングル》、発動」

俺の声に呼応して、テティの周辺の空間に亀裂《きれつ》が入る。

テティを全方位から取り囲むように、何もない空間に発生したヒビ。そこから伸《の》びてきたのは光り輝《かがや》く「鎖」だ。

その黄金色の鉄鎖《てつさ》は彼女の四肢《しし》を束縛し、動きを完全に封《ふう》じた。

「なっ……。何ですかそのジョブスキルは……⁉　くっ、このっ」

「無駄だ。お前がいくらテティに魔力を注ごうが、この鎖を断ち切ることはできん」

「ク、ク……」

クラウスは一瞬くぐもった声を出すが、すぐに顔を上げると勝ち誇《ほこ》った様子で叫ぶ。

「しかしその奴隷錠は壊せませんよ！　何せそれは世界一硬いオリハルコンでできた特殊《とくしゅ》な奴隷錠ですからねぇ！　貴方がいくら破壊を試みたところで――」

「なら安心だ。その程度なら俺のイガリマで叩《たた》き斬れる」

「は、ハッタリを……！」

事実だ。

オリハルコンなら二年前に一度ぶった斬ったことがある。

俺の持つ魔鎌《まれん》イガリマは、現在参照している執行係数に応じてその強度を増す性能を持つ。

今のイガリマが参照している執行係数は二年前よりも遥《はる》かに高い数値だ。これなら奴の魔力が込められていようとも破壊できるはず。

俺はイガリマを構え、テティの首に取り着けられた奴隷錠へと狙いを定める。

テティと相対していたとしても、あの子を操作しているのはクラウスだ。どうやら俺の相棒《イガリマ》もクラウスの執行係数を参照して顕現《けんげん》してくれているらしい。

構えたイガリマに辺りを黒く塗りつぶすような魔力が集まっていく。

そして、俺は漆黒の大鎌に命じた。

「《断ち切れ、イガリマ》――」

――ギシュッ。

イガリマを振るうのと、テティの首に着けられた忌《い》まわしい鉄輪が砕《くだ》けるのは同時だった。

束縛していた鎖を消失させ、力無く身を投げだしたテティを俺は抱き留《だ》める。

「あ……」

テティが目を開けると、紅く染まっていた瞳は元に戻《もど》っていた。

状況を理解したのか、テティは顔をくしゃりと歪《ゆが》める。

「う、ああ……。あぁああああ……！」

その感情は安堵《あんど》か、悲哀《ひあい》か、憤怒《ふんぬ》か。涙に濡《ぬ》れた頬《ほお》が寄せられ、俺の黒衣が握《にぎ》りしめられた。

「あ、ありが――」

「おっと、礼を言われるにはまだ早い。まだあのクソ野郎《やろう》が残っているからな」

「…………う、ん」

俺がそっと降ろすと、テティは先程とはまた違う意思の籠《こ》もった目で俺を見据《みす》えた。

「お願い。アイツは獣人族のみんなを――」

「……ああ。その復讐《ねがい》、請《う》け負おう」

俺の言葉にテティはゆっくりと微笑む。

そして、俺は狼狽《ろうばい》しているクラウスに向け、告げてやった。

「覚悟《かくご》はいいか、クソ野郎」

今回の元凶《げんきょう》。

俺はその対象に向けてイガリマの切っ先を向ける。

――さあ、執行の時間だ。

テティの心を弄《もてあそ》び、下衆《げす》な理想のために利用しようとした報《むく》いを必ず受けさせる。

そう決めて対峙したが、次にクラウスが取った行動は予想外のものだった。

「も、申し訳ありませんでしたっ！　私が間違っておりました！」

「……は？」

クラウスは呆気《あっけ》なく降参の意を表明する。大理石の床《ゆか》に跪《ひざまず》き、俺とテティに対して頭を擦《こす》りつけていた。

「お願いします！　実はテティの血を採取することは王家の人間に命じられてやったことなのです」

「そんなっ！　だからって獣人族のみんなを巻き込んでいいわけない！」

「し、仕方のないことだったのです、テティ。断れば私だけでなく、私の家族まで殺すと脅《おど》されていて……」

「…………」

――ああ、なるほど。

「私の犯《おか》した過《あやま》ちはどうやっても拭《ぬぐ》えるものではないかもしれません。ですが、せめて謝罪をさせていただきたいのです！」

「そんな、勝手な……」

テティがクラウスを見ながら口を結んで歯噛《はが》みする。

俺は平伏《ひれふ》しているクラウスを見下ろし、その真意を悟《さと》っていた。

――なるほど。

――なるほど。

――やっぱりコイツはクソ野郎だ。

「勝手だよ……」

テティが振り上げかけていた拳《こぶし》を下ろす。

優しい子だと、そう思った。

しかしテティは知らなければならない。

この世の中には救いようのない屑もいるということを。

「おい。もう顔を上げていいぞ」

「いえ、そういうわけにはいきません！　私の犯した罪に見合うだけの謝罪をさせていただくまでは——」

「『毒が満ちるまで』の間違いだろう？」

「——っ！」

「……え？」

その言葉にクラウスが顔を跳《は》ね上げ、テティも俺の方を見やる。

俺はイガリマを振りかざし、そして命じた。

「《消し去れ、イガリマ》——」

「……っ！」

すると辺り一帯に突風《とっぷう》が巻き起こる。

——そして、クラウスがジョブスキルで充満《じゅうまん》させていた「毒の霧《きり》」を打ち払《はら》った。

「ど、どういうこと？」

「コイツは救いようのない屑ってことだ。謝《あやま》るフリをしてスキルを使っていたんだよ。使用したのは、自分以外の人間を行動不能にする毒の霧を操る能力。そうだろ、クソ司教？」

「ぐっ……。な、何故……」

その答えは簡単だ。

クラウスの話していたことが真実であれば、元よりあそこまで執行係数が高くなることは有り得ない。だから俺は嘘《うそ》をついていたと判断した。

「お前のジョブについては、情報屋から事の経緯《けいい》を聞いた時におおよその察しがついたよ。毒を操るジョブか。なるほど確かに強力だ」

「く、そ……」

「相手に悟られなければな」

クラウスはすぐに飛び退《の》き、俺との距離を取る。

そして、懐《ふところ》から何かの液体が入った瓶《びん》を取り出した。

「ならば真っ向から戦うのみ……！」

クラウスがその瓶に入った液体を一息に飲み干すと、クラウスの体から紫色の濃《こ》い霧のようなものが溢れ出す。

騙し討ちをしようとしてダメなら次は真っ向からとは、いい度胸だ。

「く、クク。やはりあの方の調合した薬は素晴らしい！　かつてない力がみなぎるのを感じますよ！」

「へえ、魔力を強化する魔法薬ってところか？　そんなものがあるとはな」

「その通りです。これで私のジョブ、【毒を操る者《ポイズンハンド》】の力も強くな――」

「ああそう。――《刈《か》り取れ、イガリマ》」

「は？」

――ギシュッ。

クラウスに向けてイガリマを振るうと、辺りに立ち込めていた紫色の霧が消滅《しょうめつ》する。

「悦《えつ》に入っていたところ悪いが、魔力をいかに強化しようと無駄だ」

「な……、何故。何故ジョブスキルが発動しないのです⁉」

「このイガリマは対象の力を奪《うば》うこともできる魔鎌《まれん》でな。お前のジョブを刈り取らせてもらった」

「…………。は、ハハ……。何ですかそれは。そんな……、原理を根本から覆《くつがえ》すような力、認められるはずが……」

クラウスは狂乱《きょうらん》しながら手を掲げていたが、奴がジョブスキルを発動させることはもう無い。

「さて、と」

「どうするの……？」

「ああ、ちょっとコイツのジョブスキルを使わせてもらうだけだ」

俺は問いかけてきたテティに軽く答え、クラウスから刈り取ったジョブの説明を表示させてみる。

＝＝＝＝＝＝＝＝＝＝＝＝＝＝＝＝＝＝＝＝＝＝＝＝＝

【毒を操る者《ポイズンハンド》】のジョブスキル

《痛みを司る毒の女王《ダークミステイア》》
・「痛みを与える毒」と「行動不能にする毒」の二種類を操作可能です。
・操った毒については任意で調節・解除が可能です。
＝＝＝＝＝＝＝＝＝＝＝＝＝＝＝＝＝＝＝＝＝＝＝

——『毒については任意で調節・解除が可能』か。

その事実が分かれば安心だ。クラウスが獣人族にかけた毒もこれで解除できるということだ。

じゃあ次は、と。

＝＝＝＝＝＝＝＝＝＝＝＝＝＝＝＝＝＝＝＝＝＝＝
累計執行係数：２８２６８ポイント
執行係数１００００ポイントを消費し、
《痛みを司る毒の女王《ダークミステイア》》を実行しますか？
＝＝＝＝＝＝＝＝＝＝＝＝＝＝＝＝＝＝＝＝＝＝＝

——承諾。

「痛みを司る毒の女王《ダークミステイア》、発動」

俺はクラウスに向けて最大出力で毒霧を放つ。

「あぁあああああ！　痛い痛い痛い痛い痛い痛いぃ！」

「お前が散々振りまいてきた毒だろう？　自分自身でよく味わえ」

目は赤く血走り、クラウスは涎《よだれ》を垂らしながらのたうち回る。

「それじゃあ質問だ。お前は何故テティの血を得ようとした？」

「そ、それはぁ！　あがががが！　ソーマの雫、という人の精神を操る魔薬を造るため、でぇ！」

クラウスはもがきながらも語る。

獣人族が覚醒して間もない血は、伝説の種族とされる竜の血と同等なのだと。

竜の姿は目にすることができただけでも幸運。もし、その血を手に入れることができようものなら一生遊んで暮らせるだけの金が手に入る、なんて逸話《いつわ》がある程だ。

「……誰の指示だ？」

「う……」

「答えろ」

「あぁあああああ！　マルク……、マルク・リシャール様、です！」

マルク・リシャール？　聞いたことの無い名だ。

「私は……、新世界を築こうとしているマルク様に、認められようと……」

「そのマルクとやらはどこにいる？」

「あの方は、今、王家に、いて……。あがぁ……！」

「……っ」

ここでも王家か。

少なくとも俺は知らない人物だ。

となると、俺が王家を追放された後に現れた人物？　その人物がここ最近の王家の動きに絡んでいる？

俺はその後も何度か問いかけるが、クラウスは新世界を造ろうとするマルクに心酔《しんすい》しているという趣旨《しゅし》の言葉を繰り返すばかりで、めぼしい情報は得られなかった。

新世界という怪《あや》しい宗教じみた言葉が何を指すのかは分からない。が、マルクはその目的のために暗躍《あんやく》しているということなのだろう。

後で情報屋のフランとも共有して確かめてみる必要がありそうだ。

「お、お願いです……。これだけ質問に答えたのですから、そろそろ毒の解除を……」

「俺、質問に答えたら毒を解除するなんて言ったっけ？」

「…………は？」

クラウスの顔が絶望で染まる。

「お前はさっき言ったな。自分に関係ない者の死など気にする必要は無いと。その対象が自分に及《およ》んだ途端《とたん》、お前は助けてくれというのか？」

「そ、そんな……」

「聞くが、お前はテティに対して何をした？　あの子の腕を刺したこと、そして獣人族もろとも殺そうとしたこと、忘れたとは言わせん」

「………あ、あぁ」

「まあ、そう悲観するな。死なない程度の痛みにはしておいてやるから。その代わり、お前はずっとその痛みを抱いていくことになるけどな」

「あぁあああああっ！！！」

俺が許すことなど無いと悟ったのか、やがてクラウスは狂ったように頭を地面に打ち付け始める。

俺はそんなクラウスに向けて呟いてやった。

「執行完了《ざまあみやがれ》――」

＝＝＝＝＝＝＝＝＝＝＝＝＝＝＝＝＝＝＝＝＝＝＝
クラウス・エルゲンハイムの執行完了を確認しました。
執行係数126950ポイントを加算します。
累計執行係数：1452218ポイント
※新たに【毒を操る者《ポイズンハンド》】のジョブを刈り取りました。
＝＝＝＝＝＝＝＝＝＝＝＝＝＝＝＝＝＝＝＝＝＝＝

俺は表示された青白い文字列の内容を確認してから、踵《きびす》を返す。

――と、その時だった。

「あ、あれ……」

テティが俺の後ろを指差し、俺もそちらを見る。

すると、クラウスの辺りに何やら黒い霧が立ち込めていた。

――何だ？　魔力、とも少し違う。黒い瘴気《しょうき》のような……。

「あ、あ……、マルク様……」

「――まったく、おしゃべりな人形だなぁ」

黒い瘴気が人の形にまとまると、そこから聞こえたのは無邪気な少年の声だった。

――魔力の集合生命体？　いや、分身を作り出して遠隔《えんかく》操作しているのか。

「マルク様……。私、は、毒をかけられて……。どうか、お救いくださ――」

「うん、分かった。楽にしてあげるね」

「あ――」

――グチャリ。

「っ……」

瞬間、クラウスの体が瘴気に包まれたかと思うと、何かをすり潰したような音がした。俺はその光景を見せまいと咄嗟《とっさ》にテティの目を黒衣で覆う。

「それじゃあ、黒衣の執行人。もしかしたら、また――」

「……」

そんな言葉を告げて黒い瘴気は霧散《むさん》した。

「あれが、マルク・リシャールか……」

俺は呟き、マルクが消え去った後もその場所を見つめる。

——あの雰囲気《ふんいき》、どこか魔獣と近いような……。

「アデル様！」

「アデルさーん！　無事……に決まってるッスね！」

俺の思考は駆けつけてきたメイアとフランによって遮《さえぎ》られる。

——とりあえず考えるのは後にして、まずはテティの保護と獣人族にかけられた毒の解除を優先しよう。

瘴気が消えた場所には、クラウスだったであろう跡《あと》だけが残っていた。

＊＊＊

「おお、これは……」

「す、凄《すご》い！　体が楽になったぞ！」

俺がクラウスにかけられた毒を解除すると獣人族たちから歓声《かんせい》が上がる。

——あの後、俺たちはすぐにテティの案内で獣人族の里へと向かっていた。

幸いにも毒による死者は出ていないようで、俺がクラウスから刈り取った【毒を操る者《ポイズンハンド》】のジョブスキルを使用し、毒を解除していくと皆がすぐに回復した。

「ふう。これで全員、かな」

「お疲《つか》れ様です、アデル様。いつもながら素晴らしいご活躍でした」

「いやいや、メイアもサンキュな」

獣人族の治療を一通り終えた後、メイアの差し出してくれた林檎を受け取り一つ息をつく。

「アデルさんアデルさん。フランも頑張ったんですから何か一言欲しいッス」

「そうだな。本当によくやってくれたよ」

今回の件が無事に解決できたのは情報を持ち込んでくれたフランと、教会で敵を足止めして俺を先に向かわせてくれたメイアのおかげだ。

もし少しでも遅《おそ》くなっていればテティや獣人族たちは救えなかったかもしれない。

「アデル殿《どの》――」

談笑《だんしょう》していた俺たちのところへ、長《おさ》と思わしき人物を先頭に獣人族たちがやってくる。

「此度《こたび》の件、本当にありがとうございました。テティの窮地《きゅうち》だけでなく、クラウス大司教の奸計《かんけい》に陥《おちい》っていた我ら一族を救出してくださったこと、感謝してもしきれませぬ」

「いえ、皆さんが無事で何よりですよ」

「アデルのお兄ちゃん、ありがとう！　体すっごく楽になったよ！」

「私たちの仲間を救ってくださり感謝しかありません……」

「このご恩は一生忘れません！」

獣人たちは口々に感謝の言葉をかけてくれた。

何はともあれ、無事今回の一件が解決できたことに俺は安堵する。

「あ、あの……」

と、獣人族の集団から一人歩いてくる少女がいた。

テティだった。

テティは俺の前まで来ると、ペコリとお辞儀《じぎ》をして口を開く。

「アデル……。みんなを助けてくれて、本当にありがとう」

「ああ。良かったな、仲間が無事で」

「うん……。あの、それでね――」

テティはやや俯《うつむ》いて、着ている服の裾《すそ》をギュッと握りしめていた。

そして意を決したかのように顔を上げる。

「わたし、アデルに恩返しがしたい。すぐにはできないかもしれないけど」

「……どういうことだ？」

俺の問いに答えたのは獣人族の長だった。

「テティはですな、アデル殿に付いていきたいと申しているのです」

「え……？」

「今のわたしは、アデルのしてくれたことに返せるだけのものが無い。だから、せめてアデルの傍《そば》で役に立ちたいんだ」

テティは少し恥《は》ずかしそうに頭から生えた獣耳を垂らしながら、「もちろん、アデルが良かったらだけど……」と付け足す。

「この子は獣人族の中でも特に強い力を秘めた子でしてな。きっとアデル殿のお役に立つでしょう。テティの血を狙う輩がまた現れないとも限りませぬ。貴殿《きでん》と一緒《いっしょ》であれば、私どもとしても心強い」

「良いんですか？　あんな一件があった後なのに。俺がテティを利用しようと企《たくら》んで今回の騒動《そうどう》を引き起こした可能性だって──」

「それはないでしょう。……確かに私どもは今回の件でクラウス大司教の企みを読むことができず、テティを危険な目に遭わせてしまった」

「……それは仕方のないことかと」

「アデル殿が本当にテティを利用しようとするのであれば、回りくどいことはせずにそのままあの子を連れ去るなりすれば良かった。けれども、貴殿はそうはしなかった。それだけの力があるにも拘《かかわ》らず」

「……」

「それに、黒衣の執行人がどれだけのことを行ってきたかはこの獣人族の里にも伝わっておりますでな。……貴殿にであれば安心してテティを任せられると、そう思っとります」

傍で服の端《はし》を掴んでいるテティを見やる。

その赤い瞳は強い光を宿していて、断っても退かないだろうなと、そう思わせる目だった。

……。

…………。

考えを巡《めぐ》らせ、俺は決断する。

「そういえばテティ。今日は誕生日、なんだよな？」

「え？　う、うん……」

「なら、俺の酒場……《銀の林檎亭》で祝いの席でも開くか。前に、飯をたらふく食べさせてやるって約束をしたからな」

「あっ……………」

その言葉に、テティは目を細める。

まるで念願が叶ったと言わんばかりの笑みを顔に浮かべながら。

「それじゃ、行こうかテティ」

「…………うん！」

差し出した俺の手を取ったテティは、とても嬉しそうに尻尾《しっぽ》を振っていた。

＊＊＊

「ええい、忌々《いまいま》しい！　黒衣の執行人とは何者なのだ！」

王都リデイルの中核《ちゆうかく》、ヴァンダール一族が住まう王宮にて。

家臣から報告を受けていたシャルル・ヴァンダールは不快感をあらわにして叫んだ。

「王家と懇意《こんい》にしてきた貴族のゲイル・バートリー。多額の資金供給源だった商会の長《おさ》ワイズ・ローエンタールに領主ダーナ・テンペラー。そして魔薬の原料を提供させるはずだった聖天教会の大司教クラウス・エルゲンハイム――。全《すべ》てことごとく黒衣の執行人に処刑されただと⁉　ふざけるなッ！」

シャルルは手にしていた酒器を勢いで握りつぶし粉々にするが、知ったことではない。

ちなみに、高価な宝石をちりばめたこの酒器一つで多くの人民が救えるほどの価値があるのだが、それもまたシャルルにとって知ったことではない。

――《人類総支配化計画》が叶えば、全て些末《さまつ》な問題だ。

シャルルはそんな言葉を独り言のように呟いた。

全ての人民が支配者である自分の元に跪く、新しい理《ことわり》の元に成り立つ新しい世界。

シャルルはその新世界を構築するための計画を《人類総支配下計画》と名付けていた。

世界の全てを掌握《しょうあく》し、また全てを意のままに操る。それは権力者にとってみればまさに理想郷だ。

そんな考えを持つことを悪だという者もいるだろう。いや、実際にいたのだ。

正義感なのか何なのかは分からないが、全ての人民が等しく人間として最低限の生活が送れるように、権力は使うべきだと主張した人間が。

「フンッ。反吐《へど》が出る」

シャルルにとって正義とは悪だ。そして正義を掲げる者は例外なく邪魔者である。

《人類総支配下計画》を悪だと罵《ののし》る偽善者《ぎぜんしゃ》全てに問いたい、とシャルルは思った。

ならお前は、全てが自分にとって都合の良いように動き、反逆する者も現れず、金も人も自由に動かせる、どんな美女からも、あるいはどんな美男からの寵愛《ちようあい》も受けることができ、そしてかつ、それらが何人《なんぴと》にも侵害《しんがい》されず咎《とが》められない。そんな理想郷の玉座に君臨することができるとするなら、正義感を貫《つらぬ》くためにそれを手放すことができるか、と。

だから、シャルルにとって正義とは悪なのだ。

「王よ……。お言葉ですが、もう良いのではありませんか？」

「……あ？」

シャルルはそんな声をかけてきた家臣を睨みつけた。

家臣は恐々《きようきよう》としながらも、シャルルの掲げた《人類総支配下計画》について異を唱える。

「周辺各国を攻め落とし、支配下に入った人民を《ソーマの雫》で精神支配していく……。そんなことをすればいずれ神にも見放され――」

家臣《せ》がそれより以降の言葉を続けることはなかった。

「腰抜《こしぬ》けが。もしも神が余の考えを否定するのなら、神すらも敵だ」

シャルルの目の前に広がる赤い血溜《ちだ》まり。その上には、先程までシャルルと会話していた家臣の死体が転がっていた。

シャルルはそれを興味なさげに見下ろした後、血の付いた剣を拭《ふ》き取ってから鞘《さや》に戻した。

「あーあ、殺しちゃった」

「……マルクか」

少年のような声がシャルルにかけられる。いや、ようなではない。

黄金を溶《と》かしたと見紛《みまご》う金の髪に小柄な体躯《たいく》。

声の主の外見はまさしく少年そのものだった。

「もう、むやみに殺すのは良くないよ？　まったく短気なんだから」

「貴様に言われたくないわ、マルク」

「やだなぁ。僕《ぼく》の場合はちゃんと人を選んでいるよ。君と違ってね」

「……マルク、忘れるでないぞ。余と貴様は協力関係にあるが、それはあくまで利害が一致《いっち》しているからだ。余からすれば貴様のジョブが有用だと判断したから置いているまで。もしも余に歯向かう意志を見せるなら貴様とて敵だ」

「はいはい、分かりましたよ。国王陛下」

王の間にシャルルの冷淡《れいたん》な声が響き、マルクは恭《うやうや》しく腰を折る。

「貴様が大司教クラウスを殺《あや》めたことを責めるつもりはない。しかし、だ。その場に《ソーマの雫》の原料となる獣人がいたのだろう。何故捕獲《ほかく》してこない？」

「無茶言わないでよ。その場には黒衣の執行人がいたんだよ？　分身の状態で勝てるわけないでしょ」

「貴様がそこまで言うほどの強さか？」

「強いなんてもんじゃない。あれは人に許されていい力の限界を超えているよ。まさに神が遣《つか》わせた僕らへの天敵ってところだね」

「天敵、か……」

「しかし、例の獣人の子が黒衣の執行人の手に渡ったと考えると、迂闊《うかつ》に手出しはしにくいね。獣人はそもそもが珍《めずら》しいし、その中でも《ソーマの雫》の条件に見合うのはあの子だけだったんだけど」

「……」

「まあ心配しなくていいよ。代替《だいたい》となる原料は他に当てが無いわけじゃないからさ。黒衣の執行人とだって無理に戦う必要は――」

「いや、そうではない……」

「……?」

「余の息子《むすこ》にもそのような力を持つ者がいたらと思ってな」

少しだけ……、本当に少しだけ、シャルルは自嘲《じちよう》気味の笑みを浮かべて呟いた。

シャルルの息子――正しくは王子たちだ。

かつては第七王子までいたその中に、シャルルのジョブ【白銀の剣聖】に敵《かな》うものはいなかった。

もっとも、その内の一人は論外の出来損ないだったため王族から追放してやったのだが。

仮に《人類総支配化計画》を達成した後も心残りがあるとしたら、後継《こうけい》として自身の強さに迫《せま》るほどの子孫を残せなかったことだろうと、シャルルは思う。

「ねぇ、シャルル。凄く言いにくいんだけれど」

そんなシャルルの感慨《かんがい》を打ち破るかのように、マルクがその事実を告げる。

「黒衣の執行人の正体なんだけどね、君の息子なんだよ」

「…………は？」

シャルルはその言葉の意味をすぐに理解することができず、呆《ほう》けた声を漏らしてしまう。

「どういうことだ……？」

「どうもこうもない。そのままの意味さ。この前会ってきたからね」

「そんなことがあるか！　黒衣の執行人が余の息子だと⁉　余の息子たちは皆、このヴァンダール王宮にいて――」

「ううん。もう一人いたでしょ」

「もう一人、いた？　……まさか、……まさか⁉」

浮かび上がった可能性に思い当たり、シャルルは思わず目を見開いた。

しかし、マルクが続けた言葉はシャルルにとって最悪の宣告となる。

「そう。黒衣の執行人の正体は、二年前に君自身が追放した第七王子――アデル・ヴァンダールだ」

「そんな……、そんな馬鹿なッ――！」

告げられた真実を拒絶《きょぜつ》するかのようにシャルルは叫ぶ。

嘘だ、と――。

そんなハズがあるか、と――。

アデルが……、二年前に出来損ないと判断し追放した息子が、今まさに自らの脅威《きょうい》となっている
など信じられない、と――。

「認めるしかないよ、シャルル。二年前の君の選択《せんたく》は決定的に間違っていたんだ」

「余の、選択が……。間違い……？」

シャルルは呆然《ぼうぜん》として呟く。

それは、あまりに遅すぎる悔恨《かいこん》だった。

幕間　始まりの日

「お、お邪魔《じゃま》します……」

初めて《銀《ぎん》の林檎亭《りんごてい》》にやって来たその日。

緊張《きんちょう》して声が上ずっているのが自分でもよく分かった。

意気揚々《ようよう》と鼻歌を歌うメイアに両肩《りょうかた》をがっしりと掴《つか》まれ……というか抱《だ》きかかえられていて、逃《に》げ場がない。

「はい、いらっしゃいテティちゃん。今日からここが自分のお家だと思ってくれて良いですからね」

メイアが柔《やわ》らかい声で歓迎《かんげい》してくれた。

ちなみにアデルから聞いたところ、メイアは可愛《かわい》いものに目がないらしい。だからこんなに近い距離《きょり》で接してくるのだとか。

……いや、わたしのことを可愛いと思ってくれるのは恥《は》ずかしくもあるのだけれど。

「おい、メイア。そろそろ離《はな》してやったらどうだ？　テティが苦しそうだぞ」

「はっ……。すみません、テティちゃんが可愛すぎて思わず」

アデルがメイアに声をかけてくれたおかげで、ようやくわたしは解放される。

「わぁ……」

入り口をくぐると、そこは未知の世界だった。

木造りの広い空間に、樽《たる》がちらほら。それらはテーブルとして扱《あつか》われているようだった。所々に花も飾《かざ》られている。

カウンターだとアデルが教えてくれた場所には、いくつもの酒瓶《さかびん》が並べられていた。

すんすん、と。

鼻を鳴らすと、お酒の匂《にお》いに混じって果物の匂いもする。よく見ると、カウンター上に置かれた籠《かご》の中に大量の林檎《りんご》が詰《つ》め込《こ》まれていた。

――花もそうだけど、何で酒場にこんなたくさんの林檎があるんだろう？

「今日はテティの誕生日だからな。ご馳走《ちそう》だぞ」

「ふふん。料理は私にお任せください。腕《うで》によりをかけて作りますよ」

アデルとメイアがそう言って笑《え》みを向けてくれた。

それがどこか嬉《うれ》しくて、わたしは「うん」と頷《うなず》く。

「あ、でもその前にお部屋へ案内しないとですね、アデル様」

「ん、確かにそうだな。テティ、こっちに来てくれ」

わたしはアデルとメイアに促《うなが》され、二階への階段を上がる。

なるほど。どうやら一階がお店で二階が住まいになっているらしい。

「じゃーん。ここがテティちゃんのお部屋です。まあ、部屋も少ないので私と一緒《いっしょ》になるんですけど」

メイアが大げさな素振《そぶ》りで部屋の扉《とびら》を開ける。

そこは窓から気持ちの良い光が差し込んでいて、とても綺麗《きれい》に整った空間だった。

「ベッドが一つしかないので、テティちゃんは私と一緒に寝《ね》ることになっちゃうんですけど、平気です？」

「うん。メイアと一緒なの、嬉しいよ」

わたしがそう答えると、またメイアに抱きしめられてしまった。そのうち慣れてしまいそうで少し怖《こわ》い。

「あれ？　でも、ベッドが一つしかないって、わたしが来る前アデルとメイアは一緒に寝てたの？」

「て、てて、テティちゃん!?」

「……？」

どうしたのだろう？　アデルは顔を背《そむ》けているし、メイアもよく分からない動きをしていた。

「あー、えっとな。ここはメイアの部屋だ。俺《おれ》の部屋はあっち。ちゃんと分かれてるんだよ」

何が「ちゃんと」なのかはよく分からなかったが、わたしはとりあえず納得《なっとく》することにした。

「あ、アデル様。ご飯の前にお風呂《ふろ》、入ってきて良いですか？」

「ああ、分かった。その間に食材は準備しておくよ」

「ありがとうございます。それじゃテティちゃん、行きましょう」

「え？　わたしも？」

「もっちろんー」

そうして、またわたしはメイアに抱《かか》えられて連れ去られることになった。

「はぁー。テティちゃんの尻尾《しっぽ》、フワフワですねぇ」

「んっ。ちょっとメイア、くすぐったい」

「それにお肌《はだ》もすべすべー」

わたしは自分で洗うと言ったのだけれど、メイアがどうしてもと譲《ゆず》らなかったので、今はされるがままになっていた。

石鹸《せっけん》の匂いがふわりと漂《ただよ》って、思えばこうしてちゃんとしたお風呂に入れるのは久々な気がする。

「テティちゃん、腕、刺《さ》された所は平気ですか？」

「うん。わたしのジョブの力は発動させると身体能力だけじゃなくて自己治癒《ちゆ》能力も強化されるから」

言いながら、わたしはぐるぐると腕を回して見せる。

メイアは「こんな可愛い体に傷痕《きずあと》が残らなくて良かった」と言ってくれて、わたしの腕をそっとなぞっていた。

「テティちゃんは――」

「ん？」

「テティちゃんは、良かったんですか？　獣人族《じゆうじんぞく》のみんなと離れて」

「……」

さっきまでとは違《ちが》い、メイアは少し真面目《まじめ》な顔をしていた。

「あの教会に行く時は、怖かった。それでも、みんなを助けるにはこれしかないと思ってて」

「……」

「けど、今は平気。……ううん。アデルが助けてくれて、みんなも救ってくれて。わたしはわたしの意思でアデルの力になりたいって思った。だから、こうしてアデルが受け入れてくれて、メイアも優《やさ》しくしてくれて、嬉しい」

話したことはわたしの本心だった。

獣人族のみんなと離れるのが寂《さび》しくないと言えば嘘《うそ》になるけど、それでも今わたしの胸の内にあるのは不安よりも、嬉しさだった。

「ふふ。テティちゃんは良い子ですね」

「え、そうかな？」

「そうですよー。ほらほらー」

なぜかまた調子が変わったメイアにくすぐられる。

でも、そうか。

メイアは教会に利用されていたわたしを気遣《きづか》い、あえてこうして元気付けようとしてくれているのかもしれない。

そう考えると嬉しくて、自然と笑みがこぼれた。

——そういえば、メイアは昔からアデルに仕えているようだけど、二人はどうやって出会ったんだろうか？

そんな疑問が浮《う》かび、機会があったら聞いてみようと思った。
ただ、今は……。
「はぁ。テティちゃんは本当に可愛いですねぇ」
とろけ顔になっているメイアを見て、わたしは理解する。
うん。今は絶対そのタイミングじゃない。
そうしてメイアに抱きしめられながら、わたしは溜息《ためいき》をつくのだった。

5章　王家の誤算

「ど、どうかな……」

「わぁっ！　とっても可愛《かわい》いですよ、テティちゃん。思わず抱《だ》きしめたくなっちゃいます！」

「ほんとほんと。フランもめちゃくちゃ良い感じだと思うッス」

テティが《銀《ぎん》の林檎亭《りんごてい》》に来てから数日が経《た》ったある日。

俺《おれ》の視線の先ではテティが少し照れながら、けれどどこか楽しそうに服のあちらこちらを触《さわ》っていた。

女の子らしい服だったが、メイアの装飾《そうしょく》多めの給仕服《きゅうじ》やフランの軽快に動けそうな冒険者服《ぼうけんしゃ》とも違《ちが》う印象がある。

仕立てたメイアによれば「会心の出来です！」らしい。

「えっと、アデルはどう思う……？」

「ああ、とても良いと思うぞ。テティによく似合ってる」

「……ふふ」

俺が頭を撫《な》でると、テティの亜麻色《あまいろ》の尻尾《しっぽ》がパタパタと嬉《うれ》しそうに揺《ゆ》れる。新しい服を作ってもらえてご満悦《まんえつ》の様子だ。

「……」

「メイア、どうした？」

メイアが何故《なぜ》か俺と、俺に頭を撫でられているテティをじっと見つめていた。

「はっ……。いえ、私も頭を撫でて欲《ほ》しいな、とか思ってませんよ？」

「メイアさんメイアさん。それ見事なまでに言ってるッス」

「まったく、そんな子供でもないだろう」

「そ、そうですね。そうですよね……」

見るからにシュンとするメイア。もしテティと同じような尻尾がメイアにもついていたら力無く垂れていたことだろう。

——そんなに頭を撫でられたいものか？　よく分からん……。

俺が首を傾《かし》げていると、フランにあからさまな溜息《ためいき》をつかれた。何でだ。

そしてテティがそんな俺たちを見て一言呟《つぶや》く。

「なるほど」

「……」

何が「なるほど」なのだろうか。

疑問が解消されないどころか増えていく俺とは対象的に、テティの中では何かが腑《ふ》に落ちたらしい。

「ところで気になってたんだけど、なんでこのお店はこんなにお花がいっぱいなの？」

テティが今度は《銀の林檎亭》のあちこちに置かれた花を見ながら尋《たず》ねてきた。テティの言う通り、《銀の林檎亭》には普通《ふつう》の酒場に似つかわしくないほどの花が飾《かざ》られている。

「ああ。前の依頼者《いらいしゃ》から貰《もら》ったものでな。少しでいいと言ったんだが……」

置かれた大量の花は、以前依頼をしてきた花屋の店主マリーが報酬《ほうしゅう》として届けてくれたものである。

マリーは週に一度は《銀の林檎亭》へと足を運んでくれていて、その度《たび》に大量の花を「まだまだご恩は返しきれません」という言葉と共に置いていく。この酒場を花屋にでもするつもりだろうか？

「でも、お花たくさんで嬉しい」

「あ、テティちゃんも分かりますか⁉　お花の素晴《すば》らしさが！」

「え？　うん、綺麗《きれい》だし可愛いと思う……けど」

どうやら可愛いもの大好きなメイアのスイッチが入ってしまったらしい。

語る相手を見つけて嬉しくなったのか、メイアはテティを抱きかかえながらそれぞれの花の説明をし始める。

「これはアイリスローゼンっていうとっても珍《めずら》しいお花なんです。良い匂《にお》いでしょう？　香水《こうすい》なんかにも使われるんですけどとても貴重なんですよ。こっちはニガリリス。食用に使うこともできますが可愛い見た目に反してすっごく苦いんです。それからそれから、こっちの黄色いのはヒマワリと言って東方の国でよく見かけるお花で――」

「へ、へぇ……」

……。

すまんテティ。しばらく我慢《がまん》してくれ。

俺は林檎を齧《かじ》りながら二人の様子を眺《なが》める。

それからメイアがテティを解放するまでに、二時間はかかった。

皆《みな》で昼食を摂《と》った後、メイアが酒場での業務内容を説明し、テティはそれを熱心に聞いていた。

獣人族《じゅうじんぞく》は誠実かつ真面目《まじめ》な種族だと聞くが、テティを見ているとそれは本当なのだと思わされる。

俺はそんな二人を遠巻きに見ながら、カウンターの上に行儀《ぎょうぎ》悪く腰掛《こしか》けているフランに尋ねた。

「で？　マルク・リシャールって奴《やつ》のこと、何か分かったか？」

——マルク・リシャール。

先日、テティを救出した際に発覚した謎《なぞ》の少年の名前だ。

その時の話によれば、王家に出入りしている人物らしく、ここ最近の王家絡《がら》みの動きに関《かか》わっている可能性が高いのだが……。

「いや、めぼしい情報はまだ何も無いッスねぇ。でも、やっぱり変ッスよ、ここ最近の王家は。ガードが硬《かた》すぎるというか。なかなか攻略《こうりやく》するのはキツそうッスね……」

「そうか、フランでも厳しいか……」

フランは王都でもトップクラスの情報屋だ。

テティを利用していたクラウス大司教についても、詳細《しようさい》な情報を調べ上げてくれたのだが……。

今は王宮に結界のようなものが張られていて、王家が認めた人物以外は立ち入ることができないらしい。

厳重すぎて逆に怪《あや》しいというのが俺とフランの共通見解だった。

俺は引き続き情報収集を行ってほしい旨《むね》を伝えて、フランもそれに了承する。

そうしてフランと話していると、やがて酒場の開店時間になった。メイアとテティの二人に目を向けると、一通りの講習が終わったらしい。

今はメイアが慣れた手付きで、テティがたどたどしい手付きで、それぞれテーブルを磨《みが》いているところだ。

「それにしても、テティまで働く必要あるんッスかねぇ？　アデルさんの酒場、あんまり客来ないでしょ」

「いいんだよ、テティがそうしたいって言ったんだから。……っておい、ちょっと待てフラン。久々に顔を出したと思ったら随分《ずいぶん》な言い草だな」

フランがとぼけた調子で笑う。

と、入り口の扉《とびら》が開いて冒険者たちが酒場へと入ってきた。

「いらっしゃいませー」

「い、いらっしゃいませ……」

メイアとテティが揃《そろ》って応対する。テティの方はまだぎこちない感じだ。

「ほら見ろ。団体さんのお出ましだ」

「へー。珍しいこともあるもんッスねえ」

「よし分かった。今度からお前が来ても飯を出さないようメイアに言っておく」

「や、やだなぁ、冗談《じょうだん》ッスよ。アデルさんが言ったら、メイアさん本当にご飯を出してくれなくなるじゃないッスか」

酒場に入ってきたのは常連とは違う冒険者で、見たことのない連中だった。

人数は三人。全員顔が紅潮していて、どうやらここに来る前にも酒を入れてきたらしい。

「ええと……。ご注文をどうぞ」

「へぇ、獣人族とは珍しいなぁ。可愛い嬢《じょう》ちゃんじゃねえか。おい、ちょっとこっち来て酌《しゃく》してくれよ」

「え？　あ、あの……」

接客に回ったテティが腕《うで》を掴《つか》まれていた。

同卓《どうたく》した他の冒険者もニヤニヤと笑《え》みを浮《う》かべている。

強力なジョブを持つテティからすれば軽く振《ふ》りほどける相手だろうが、初めての接客でどうすべきか判断がついていない様子だ。

俺は念のためその冒険者の執行《しっこう》係数を確認《かくにん》する。

——執行係数52ポイントか。まあ、お引取りいただくだけでいいだろう。

「ほらほら、オジサンたちと楽しくお話ししようぜぇ——グェッ」

「お客様ぁ？　当店はそういうお店ではありませんのでー」

「おい、ウチの新入りに気安く触《ふ》れるな」

俺とメイアがその冒険者の襟首《えりくび》を掴むのは同時だった。

そうして、睨《にら》みつける俺と、にこやかな笑みを浮かべるメイアを見て冒険者たちは何かを悟《さと》ったらしい。

「「「す、すみませんでしたぁ！！！」」」

悲鳴のような声を上げて、酒場から逃《に》げ出すように駆《か》けていく。

「……なんか、この店に客が少ない理由が分かった気がするッス」

様子を見ていたフランが溜息をつきながらそんな言葉を漏《も》らしていた。

「まったく……。ん？」

男たちが出ていった酒場の入り口を見ると、また別の冒険者たちが立っている。

「あのぅ。コレをお願いしたいのですが……」

冒険者の内の一人がおずおずと差し出したのはブロス銅貨、シドニー銀貨、そしてゴルアーナ金貨だった。今度はもう一つの仕事の客らしい。

俺は気を取り直し、依頼者たちを別室に案内することにした。

「パーティーの仲間に金を盗《と》られた？」

「はい……」

依頼者は俯《うつむ》き加減に今回の依頼に至った経緯《けいい》を説明してくれた。

ちなみにこの場にいるのは俺、テティ、メイアの三人と依頼者たちで、フランは「情報集めなきゃいけないから失礼するッス」と言い残して出かけている。

——今回の依頼者は三人の冒険者だった。

大切な金を盗《ぬす》まれたから取り戻《もど》してほしい、盗んだ奴に代償《だいしょう》を払《はら》わせてほしいという依頼は少なくない。

が、今回の依頼については少し変わったところがあった。

「あの女、マジで許せねぇ！」

「少し可愛い顔してるからって、オレたちの金を盗りやがって！」

「くそっ、みんなで貯《た》めてきた金だったってのに！」

「……」

依頼者である冒険者たちは皆男性で、同じ人物に金を盗まれたらしい。男性たちは別々のパーティーで、いずれもリーダーを務める人間とのことだ。

「なるほど。つまりは冒険者パーティーの金を狙《ねら》った常習犯か。しかも犯人が女性とはな」

依頼者からの話を聞く限り、今回の窃盗《せっとう》事件には三つの共通点があった。
一、盗まれたのは金銭のみであり、例えばパーティーの仲間を傷つけられたなどの被害《ひがい》は出ていないこと。
二、犯人と思わしき人物は新規に加入を希望してきた女冒険者であり、パーティー加入してからすぐ犯行に及《およ》んでいること。
三、依頼者たち曰《いわ》く、その女冒険者はとても美人だということ。

……。

いや、最後の三つ目はどうでもいいな。

「でも、皆さんはランクの高いパーティーのリーダーとお見受けしますが。それなのにお金を盗まれてしまったということは、その女冒険者さんもかなり腕の立つ人物なのでしょうか？」

俺の隣《となり》に控《ひか》えていたメイアが疑問を口にする。もっともな推察のようだが……、

「「「そ、それは……」」」

依頼者の冒険者たちが揃って口をつぐむ。どういういきさつで金を盗まれたかが話しにくいらしい。

──依頼者は全員男性で腕は立つ。また、皆がリーダーであり金を管理していてもおかしくはない立場の人間。そして、犯人は美人だという。

……。

「なるほどな。色仕掛けにやられたか」

「だぁー！　執行人様、それを言わないで下さい！」

「そんなこと言われてもな……」

俺は冒険者たちが頭を抱《かか》えているのを見て溜息をつく。

「ねえメイア、色仕掛けって何？」

「要するにハニートラップってことですよ、テティちゃん」

「はにーとらっぷ？」

「……テティは知らなくていい」

メイアとテティのやり取りを止《や》めさせ、俺は重ねて嘆息《たんそく》した。

――まあしかし、なるほど。

だから依頼者たちは冒険者協会にも相談できず、俺のところに来たというわけだ。

自分の色欲が原因で金を盗られました、などと報告はしにくいだろう。

仲間の金を管理する立場でありながら、見事に籠絡《ろうらく》されているのはどうなんだと思わなくもないが、金銭を盗まれたことには違いないし、話を聞く限り本気で困っているらしい。

「分かった。依頼は請《う》け負う」

「「「あ、ありがとうございます！」」」

依頼者たちに執行係数が表示されないことを確認してから告げると、三人に頭を下げられる。

「ただ、俺が偉《えら》そうに言うことじゃないが、金を管理するならもう少し警戒心《けいかいしん》を持て。仲間の金なら尚更《なおさら》だ」

「「「は、はい……」」」

心底反省している様子の冒険者たちを見て、俺は改めて今回の件の詳細を尋ねることにした。

「で？　その女性の居場所に心当たりは？」

「そ、それが全く。金を盗られた後、すぐに行方《ゆくえ》をくらまされたもんで……」

居場所が分からないか。こうなると中々骨が折れそうだ。

「何か覚えていることは無いか？　例えば外見的な特徴《とくちょう》とか」

俺の質問に対して冒険者たちは口々に答え、俺はそれらを紙に書いてまとめていく。

・髪色《かみいろ》は赤く長髪《ちょうはつ》。

・背丈《せたけ》は俺とメイアの中間くらい。

・年の見た目は十代後半。

・告げていた名前はそれぞれ違っていて、恐《おそ》らくそのどれもが偽名《ぎめい》。

――同じ条件で被《かぶ》る人間が多そうだし、やはり情報不足だな。

フランに頼《たの》むにしてもこれだけの情報で捜《さが》すのは厳しいだろう。

テティの時は獣人という珍しい種族だったため捜すことができたが、冒険者たちが挙げた特徴だけでは特定するのは難しそうだ。

何かしらの手がかりが欲しいところだが……。

「ねえ、アデル」

「ん？」

考えを巡《めぐ》らせていたところ、テティにちょんちょんと服の端《はし》を引っ張られる。

「あのさ、その人たちから同じ匂いがするんだけど」

「匂い？」

「酒場に置いてあったお花とおんなじ。良い匂いがするから香水に使われることもあるってメイアが説明してた」

「あ……。もしかして『アイリスローゼン』ですか、テティちゃん？」

「うん。確かそんな名前」

「三人から同じ匂いってことは……」

俺が確認すると、三人ともが「そういえば確かにその女からはいつも強い香《かお》りがしていた」と認める。

つまり、犯人の女性は日頃《ひごろ》からアイリスローゼンという花の香水を付けているということになるだろう。

しかもメイアによるとその花はとても貴重なもので、香水を付けている人物はかなり限られるらしい。これは大きな手がかりになりそうだ。

——まさかメイアの講習が役に立つとは……。花を届けてくれたマリーにも感謝だな。

「それにしても、よく匂いに気付いたなテティ。日も経っているだろうに三人の残り香《が》から気付くとは」

「うん。獣人族は鼻が利《き》くからね。役に立てたのなら良かった」

俺が撫でるとテティは頭から生やした耳を嬉しそうにピクピクと動かした。

とにかく、テティに頑張《がんば》ってもらえば犯人の女性を追えるかもしれない。

俺は次の日から犯人の追跡《ついせき》を開始することを告げ、依頼者の冒険者たちと別れた。


——そして、翌日。

「近いよ。こっち」

テティの先導で赤髪の女性を見つける。

――外見の特徴も聞き込《こ》みした内容と一致《いっち》している。あれが犯人だな。

俺はその女性に向けて右手をかざし、執行係数を確認する。

＝＝＝＝＝＝＝＝＝＝＝＝＝＝＝＝＝＝＝
対象：レイシャ・グランベル
執行係数：２１３ポイント
＝＝＝＝＝＝＝＝＝＝＝＝＝＝＝＝＝＝＝

「……」

――思ったよりも執行係数が少ない？

常習的に冒険者たちから金銭を盗んでいたとなると、俺の経験からいって四桁《けた》以上の執行係数はありそうな気がしたんだが……。

「アデル様、あれを」

考え込んでいたところ、メイアに黒衣の袖《そで》を引っ張られる
見ると、犯人の女性がある建物の中に入っていくところだった。

「あれは……」

その建物を見て、俺は思わず呟く。

それは王都でも屈指《くっし》の規模を誇《ほこ》る冒険者ギルド《灰燼《かいじん》の大蛇《だいじゃ》》の拠点《きょてん》だった。

＊＊＊

「レイシャか。よく来たな」

「ゴルアーナ金貨が三十枚あるわ。確認して」

私はズシリと重い麻袋《あさぶくろ》を取り出し、執務机《しつむづくえ》の向こうで足を組んでいる金髪の男に手渡《てわた》す。

「……確かに。受け取った」

《灰燼の大蛇》のギルド長、ベイリー・レンツは私から受け取った麻袋の中身を確認した途端《とたん》、口元を綻《ほころ》ばせる。精悍《せいかん》な顔立ちとは裏腹に下品な笑みだ。

このような金貨の支払いを何度と無く繰《く》り返してきたが、私にとって今日のそれはとても特別な意味を持っていた。

「これで……、最後の支払いね。約束通り例のものを――」

「ん？　何のことだ？」

「――っ」

足を組んだままで言葉を放ったベイリーに、私は思わず剣《けん》を抜《ぬ》く。

「ふざけないでっ！　ゴルアーナ金貨九百枚であの孤児院《こじいん》の権利書を譲《ゆず》ってくれる。そういう契約《けいやく》だったはずでしょう！　証文だってあるし、もし反故《ほご》にするというのなら貴方《あなた》たちの悪事を公《おおやけ》にしたって――」

「冗談だ、レイシャ。剣を下ろせ」

私はベイリーを睨みつけたまま、突《つ》きつけていた剣を腰の鞘《さや》に戻した。

「さっさと権利書を渡して」

「ああ。契約だからな。約束は守る」

ベイリーが言いつつ、側近の男に用意させた権利書を差し出してくる。

――やった。やった……。

権利書を受け取った時、私の胸の内にかつてない安堵《あんど》感が湧《わ》き起こる。

私がこうしてベイリーのギルド《灰燼の大蛇》に金を渡すのは三十回目。その期間はおよそ三年にも及んでいた。

名を偽《いつわ》り、冒険者パーティーに取り入ることで得てきた金。他人を騙《だま》すことで手に入れた金。

そんなものを元に支払いを続けてきて、枯《か》れることのない罪の意識で一杯《いっぱい》だった。何て身勝手な罪悪感かと自分を呪《のろ》ったことも何度だってある。

けれど、それでも私が手に入れたかったもの――。

それが今、私の手の内にある孤児院の権利書だ。

これでやっとあの子たちを安心させてやることができると、私は一枚の羊皮紙を胸に抱いた。

「しかし、そんなにあの孤児院が大切か？　お前一人で生きていくだけなら造作も無いだろうに、ガキの面倒《めんどう》を見るなんてオレには理解できないがな」

愚問《ぐもん》だと思った。

私にとって、あの孤児院……いや、あの孤児院にいる子供たちより大切なものなど無い。

「別に……。貴方に理解してもらおうとは思わないわ」

「そうかい」

ベイリーは言って、高級そうな葉巻に火を点《つ》ける。そして煙《けむり》を吐《は》き出しながら細く吊《つ》り上がった目を私に向けてきた。

「レイシャよ。宿願を達成して、やることもねぇだろう。どうだい？　ウチのギルドで一緒《いっしょ》に暴れねぇか？　お前ならきっと稼《かせ》ぎまくれるぜ」

「お断りよ。私はこれ以上悪事に手を染めるなんてまっぴらだから」

「悪事とは随分な言い草だな、レイシャ。オレたちは需要《じゅよう》と供給のバランスを取り持っているだけさ」

「……」

このベイリーという男がギルド長を務める《灰燼の大蛇》は王都でも有数の大型ギルドだ。所属している多数の構成員も確かな実力を持つとされている。

しかし、その実態は非合法な活動を繰り返す悪徳ギルドだ。

裏では盗賊団《とうぞくだん》と手を組んで略奪行為《りゃくだつこうい》に加担し、表では盗賊団からの防衛という名目で一般《いっぱん》民から依頼料を搾取《さくしゅ》。時には、自分たちの手で密猟《みつりょう》した魔獣《まじゅう》を秘密裏《ひみつり》に放ち、討伐《とうばつ》依頼を受注することもあった。

そうした自作自演行為を主として、弱者から金銭を巻き上げてきたのがこの《灰燼の大蛇》という連中だ。

盗みを働いていた私が偉そうに言えることではないのは分かっている。しかし、罪の意識すら無く活動する連中とこれ以上関わりを持つのは御免《ごめん》だった。

「とにかく、私はもう行くわ」

「分かったよ。だがオレはまだ諦《あきら》めてねぇからよ。また改めて勧誘《かんゆう》させてもらうぜ」

「……」

関わりたくないと言っているのに、しつこい男だ。

それ以上言葉を交《か》わすことも面倒で、私は孤児院の権利書を握《にぎ》りしめたままベイリーのいる執務室を抜け出す。

「あの子たちに報告しないとね。もう、住処《すみか》を追われる心配は無いんだって。ずっと、ここにいられるんだって……」

ギルドを出てから一人呟いて、自然と笑みが溢《こぼ》れているのが自分でも分かった。

「あ、レイシャお姉ちゃんだ！」

孤児院に着いたのは午後になってからだった。

私が戻ってきたことに気付いた子供たちが駆け寄ってきて、私はあっという間に取り囲まれる。

「レイシャお姉ちゃん！　ボクと一緒に遊ぼう！」

「だめー！　あたしがレイシャちゃんと遊ぶの！」

子供たちの姿が眩《まぶ》しくて、私は目を細める。

この孤児院にいる子供たちは皆、親から遺棄《いき》された経験を持っていた。中には自分が捨てられたのだと理解している子もいる。

けれどそんな状況《じょうきょう》を呪うでもなく、毎日を精一杯生きているのがここの子供たちだ。

この孤児院にいるみんなが仲間だと、そして家族だと言って、古びた建物や貧しい食事に文句も言わずに逞《たくま》しく生きている。

――この孤児院はそんな私たちの想《おも》いが籠《こ》もった大切な場所だった。

「あのね、今日はみんなに嬉しいお知らせがあるの」

「お知らせー？」

「なになに？」

「実はね――」

私は子供たちと目線を合わせ、みんなに分かるよう説明していく。

私が盗みを働いていたことを、この子たちはもちろん知らない。今もそのことは伏《ふ》せている。

だから子供たちの向けてくる無邪気《むじゃき》な視線が時々チクリと心に刺《さ》さったけれど、そんな気持ちを吹《ふ》き飛ばしてくれたのも子供たちだった。

「じゃあ、ずっとここにいられるんだね！」

「やったぁ！　レイシャお姉ちゃんありがとう！」

権利書があれば、突然《とつぜん》ここを追い出されるかもしれないという不安に怯《おび》えなくて済む。そういう喜びを私たちは分かち合った。

「レイシャお姉ちゃん。それじゃあ今日は一緒にご飯食べられるんだよね？　みんなでお祝いしよーよ！」

「ふふ、そうね。それじゃ今日はご馳走《ちそう》にしましょうか。私が食材を買ってくるから、みんなで少し待っててくれる？」

「「はーい！」」

子供たちの見送りを受けて、私は孤児院を後にする。

孤児院の門を出たところで空を見上げると、気持ちの良い風が吹いていた。

もう急いで金を稼ぐ必要もない。もちろん子供たちを養えるだけの収入は必要だけど、それでもこれまでに比べたら無理はしなくていいだろう。

――いつか、盗んだお金も返したいな……。

身勝手な考えだと思いながら、私は歩く。

そうやって思いに耽《ふけ》っていたからだろう。

「――おい、ちょっといいか？」

裏路地の陰《かげ》に入った所にいた人影《ひとかげ》に気付かず、かけられた声に私はビクリと反応する。

そこにいたのは、黒衣を纏《まと》った男だった。

＊＊＊

「な、何よ、貴方たち――」

俺は赤髪の女性――レイシャ・グランベルが孤児院から出てくるのを待って声をかけた。

「うん。アデル、依頼者の人たちと同じ匂い。間違いないと思う」

「そうか、了解《りょうかい》」

テティがレイシャのつけているであろう香水の匂いを確認できたらしい。

外見も依頼者たちから聞いていたものと一致するし、この女性が冒険者パーティーから金を盗んでいた犯人というのが濃厚《のうこう》だろう。

「ちょっと失礼しますね」

「くっ――」

メイアが音もなく背後に回り、レイシャの退路を断《た》つ。

「人さらい……には見えないわね。一体私に何の用かしら？」

「君に聞きたいことがある。なぜ冒険者パーティーから金を盗んだ？」

「なるほど、そういうこと。あなたは冒険者たちに依頼された取り立て屋ってところかしら？　ただ、悪いけど私は捕《つか》まるわけにはいかないの」

赤髪の女性は俺と背後にいるメイアをちらりと見て観察した。かと思うと、後方のメイアに向けて疾駆《しっく》する。

「邪魔よっ！」

メイアは傍《はた》から見れば給仕服を着たメイドの少女だ。

男の俺に向かうよりそちらに向かった方が逃げおおせる可能性は高いと踏《ふ》んだのだろう。

「確かに私はそこにいる人には到底《とうてい》及びませんけどね」

「なっ⁉」

メイアが赤髪の女性の攻撃《こうげき》を軽く受け流し、すぐさま腕を捻《ひね》り上げ関節を極《き》める。

「くっ。放《はな》して……！」

「放しても良いですけど、もう逃げません？」

「…………く」

赤髪の女性はその攻防で逃亡《とうぼう》が不可能だと悟ったのか、観念して首肯《しゅこう》した。

それを見てメイアはにっこりと微笑《ほほえ》み拘束《こうそく》を解く。

「はい、じゃあ放します」

「貴方、それだけの実力があるのに……。本当にそこにいる男の方が強いの？」

「はい！　間違いありません！」

「……そんな満面の笑みで言うことじゃないと思うけどね」

赤髪の女性はぐったりとした様子でその場にへたり込む。

俺の隣にいるテティは先程《さきほど》のことがあってか身構えていたが、この様子ならもう逃げるような真《ま》似《ね》はしないだろう。

俺は話しかけようと一歩踏み出し、レイシャに見上げられる格好になった。

「あなたまさか、あの黒衣の執行人？　私をどうするつもり？」

「レイシャ・グランベル。君と話をしたい」

「何で私の本名を知って……。どこかで会ったことあるかしら？」

見たからな。

執行人の能力を使って対象を目視すれば、執行係数と合わせて名前も確認可能だ。

「まあいいわ。で？　盗んだ金を返せってことかしら？　でも、生憎《あいにく》お金はもう無いわよ」

「もう無い？　あの孤児院が関係してるのか？」

「……それも見てたのね」

レイシャは言いつつ、警戒《けいかい》した目を俺に向けてくる。

「ああ。でも安心してくれ。俺はあの孤児院に手を出したいわけじゃない。俺が聞きたいのはレイシャが金を盗んだ理由だ」

「……金を盗んだのは、あの孤児院を買い取るためよ」

「そうか……」

やはり、レイシャが《灰燼の大蛇》に寄ったのは孤児院に関係があったのだ。

この辺一帯の土地をあのギルドが保有していることは、王家にいた頃の情報で知っている。レイシャの孤児院での様子と執行係数の低さを考えれば、レイシャは孤児院のために金を盗んでいたのだろう。

「目的は立派だ。しかし手段は褒《ほ》められたもんじゃないな」

「……そんなこと、分かってるわ」

とはいえ、レイシャの気持ちはよく分かる。

死が迫《せま》るほどの窮地《きゅうち》に立たされた時、綺麗事だけでは生きていけないと実感したことなら俺にもある。

「でも、あの子たちのためにも私は今捕まるわけにはいかない。だから、恥《はじ》を忍《しの》んでお願いするわ。いつかきっとお金は返すから、今は見逃《みのが》してほしい」

「……」

自分が逃れるために言っている様子ではない。

孤児院の子供たちを守るために手段は選んでいられないと。だから見逃してほしいと。レイシャのそういう主張は分からないわけではなかった。

——仕方ないな。俺も協力するか。

そう考え俺がレイシャに手を差し伸《の》べようとした、その時だった。

「っ——！　アデル！」

テティが急に声を上げる。

「孤児院の方から、何かが焼ける臭《にお》い……！」

「何……？」

恐らくテティは獣人族特有の鋭《するど》い嗅覚《きゅうかく》でその匂いを察知したのだろう。

孤児院の方から焼ける臭い。ということは――。

「レイシャ、君も来い！」

「え――」

レイシャを含《ふく》め、俺たちは孤児院に通じる道を駆ける。

そしてまもなく孤児院が目に入ろうかという距離《きより》まで迫り――、

「あ、ああ……。そんな――！」

そこで目にしたのは、孤児院が炎《ほのお》に包まれている光景だった。

「みんなっ！」

「レイシャお姉ちゃん！」

孤児院の庭先に到着してすぐ、レイシャが子供たちの元へと駆け寄る。レイシャはそこにいる子供たちを見回していたが……。

「三人足りない……」

そう呟いて、燃え盛る孤児院の建物を見やった。逃げ遅《おく》れた子供たちはまだあの中にいるということだ。

外から見る限りでも相当に火が回っている様子だったが、そんなものは構わないというようにレイシャが駆け出そうとする。

「レイシャ、俺たちも協力する」

「……ありがとう」

なぜ孤児院が火事になっているのかという考察は後だ。今はまず残された子供たちの救出を最優先に考える。

俺はメイア、テティと頷《うなず》き合い、炎が燃え盛る孤児院に足を踏み入れた。

「アデル！　こっちに一人いたよ！」

「アデル様、私の方でも一人保護しました！」

炎に囲まれた建物の中に入り、俺たちは素早《すばや》く探索《たんさく》していく。

流石《さすが》に二人とも強力なジョブの持ち主だ。

メイアは炎や崩《くず》れた瓦礫《がれき》を軽快に躱《かわ》し、テティは【神狼《ヴァナルガンド》】のジョブの力で銀の光を纏っているおかげか炎の影響《えいきょう》をほとんど受けていないようだ。

これで残された子供はあと一人。

煙も充満《じゅうまん》し、滴《したた》る汗《あせ》がすぐさま蒸発してしまうほど熱気に満ちた空間だ。早く残った子供を見つけなければ手遅《ておく》れになってしまうかもしれない。

「レイシャ、二階は二人に任せて俺たちは一階を捜そう」

「ええ」

赤く綺麗な髪は所々が焼け焦《こ》げていたが、レイシャは気にする素振《そぶ》りすら見せない。残された子供を救おうと、ただそれだけを考えているようだ。

俺とレイシャは各部屋を捜し回り、そして見つける。

「あ、あれは──」

「こいつが火災の発生原因か」

建物の一番奥《おく》にいたのは泣き叫《さけ》ぶ子供と、その前に立ちはだかる炎の魔獣だった。

──グガァアアアアアアア!!

その魔獣は天井《てんじょう》に頭が触れるかというほどに巨大《きょだい》で、狼形《おおかみがた》の魔獣として区分される「ウルフ種」のような出《い》で立ちをしていた。

通常のウルフ種と異なるのは、毛皮の代わりに炎を纏っている点。

「あれはまさか、《フレイムイーター》!? どうしてこんな所にいるの……！」

炎を主食とし、取り込んだ炎を外敵に射出して攻撃する危険な魔獣だ。

冒険者協会が指定する危険度ランクでもＡ級に区分され、単独では絶対に交戦しないことを推奨《すいしょう》されている。

このフレイムイーターが暴れまわっていたということであれば、突発的な火災の発生も頷けるのだが……。

ただ、不可解な点もあった。

フレイムイーターは火山が活発なメルボルン地方にしか存在しないとされている魔獣だ。

その場所はここ王都リデイルからは遠く離れ、野良《のら》が紛《まぎ》れたということも考え難《にく》いのだが……。

──グルガァ！

フレイムイーターは俺の思考を遮《さえぎ》るようにして、短く咆哮《ほうこう》を浴びせてきた。どうやら食事の邪魔をされて憤慨《ふんがい》しているらしい。

「待ってて！　今助けるわ！」

レイシャは怯える子供に向けて声を張り上げる。

それは叫びにも似た声で、絶対に子供たちを死なせないという強い意思を感じさせるものだった。

「レイシャ。君は隙《すき》を見て子供を助け出すんだ」

「……分かったわ」

俺とレイシャは目で合図を交わし、フレイムイーターとジリジリ距離を詰《つ》める。

そしてレイシャが回り込み、フレイムイーターの奥にいる子供の元へと駆け出そうとしたその時だ。

──グルゴァアアアアアア‼

フレイムイーターはレイシャを威嚇《いかく》するように大きな唸《うな》り声を上げると、巨大な前足を振り払った。

──バキイッ！

「くっ──」

炎を纏ったその攻撃は床《ゆか》を大きく削《けず》り、飛び散った火の粉と木片《もくへん》がレイシャの進行を阻《はば》む。レイシャは咄嗟《とっさ》に剣で防御《ぼうぎょ》するが、元いた位置まで後退させられた。

「大丈夫《だいじょうぶ》か？」

「ええ……。直撃はしていないわ。それに、私のジョブ【守護騎士《ガーディアンナイト》】の力があれば多少は持ちこたえられる」

——ガァアアアアア！

フレイムイーターが今度はこちらに向けて大口を開けると、そこから炎を吐き出した。

「っと」

「くっ——！」

俺とレイシャは回避《かいひ》し体勢を整えるが、フレイムイーターの火炎《かえん》攻撃は二度三度と繰り返され、徐々《じょじょ》に周りは炎で包まれていく。

「こんな……、モタモタしてられないっていうのに！」

フレイムイーターの奥にいる子供は煙を吸い込んだためかぐったりとしている。

レイシャの言う通り、あまり時間はかけていられないだろう。

しかし、どうするか……。

人間と異なり、魔獣には執行係数が存在しない。そのため、魔獣相手ではイガリマを召喚《しょうかん》することはできず、これまで刈《か》り取ったことのあるジョブのスキルで戦う必要がある。

と、そこで俺は一つのジョブスキルを思い起こす。

——燃費が悪くてこれまでは使用を控えていたが……。あのクソ司教を執行した分もあるし大丈夫だろう。

「レイシャ。俺に任せてくれないか？」

「……どうする気？」

「俺がアイツを倒《たお》す」

「でも……、フレイムイーターは熟練の冒険者パーティーが複数組んで討伐に当たる魔獣だって聞くわ。そんな敵をどうやって……」

「大丈夫だ。すぐに終わる」

「え……」

――グゴァアアアアアア‼

問いかけようとしたレイシャの言葉を遮るようにフレイムイーターが咆哮し、再度こちらに照準を合わせている。

俺はお構いなしにフレイムイーターへと近づき、青白い文字列を表示させた。

＝＝＝＝＝＝＝＝＝＝＝＝＝＝＝＝＝＝＝＝＝＝＝＝

累計《るいけい》執行係数：135218ポイント

執行係数1000000ポイントを消費し、《亜空間操作魔法《デジョネーター》》を実行しますか？

＝＝＝＝＝＝＝＝＝＝＝＝＝＝＝＝＝＝＝＝＝＝＝＝

――承諾《しょうだく》。

俺が不用意に距離を詰めたのを勝機と見たのか、フレイムイーターは連続で火炎を射出してきた。

その威力《いりょく》は十分で、当たればひとたまりもないだろうと思わせる攻撃だった。

「悪いが、一撃で終わらせてもらう。《亜空間操作魔法《デジョネーター》》発動――」

唱え、俺とフレイムイーターの間に一筋の亀裂《きれつ》が走る。

亀裂からは黒く塗《ぬ》りつぶされたような空間が生じ、それは突如《とつじょ》として現れた夜空のようだった。

その空間は黒く大きい布のようにふわりと広がり、フレイムイーターの吐いた炎を全《すべ》て音もなく飲み込む。

そして、そのままフレイムイーターの周囲を覆《おお》うように展開すると、中心《てき》を包み込んでいった。

――ガルァ!?

発動が遅《おそ》い魔法で素早い相手には当てにくいが、この狭《せま》い空間なら奴も逃げ場は無い。

「こ、これは……」

レイシャがその光景に目を見開き、そして……。

――パシュッ。

そんな何かが閉じるような音とともに、フレイムイーターは姿を消した。

「倒した、の……?」

「ああ。アイツの存在は亜空間に飲み込まれていった」

「こ、こんな魔法、見たことが……。まさか、『失われた古代魔法《ロストスペル》』? 千年前の魔族との大戦で、伝説の魔術師が命と引き換《か》えに使っていたっていう……」

「色々あってな」

「色々って……。『失われた古代魔法《ロストスペル》』は現代で使えるジョブが存在しないと言われているのよ?

そもそも、膨大《ぼうだい》な魔力を消費するから、使えば無事じゃすまないはず……。それを一体どうして……」

「まあ、俺が消費するのは執行係数だから」

「……ごめん、正直理解が追いつかないけど、あなたが只者《ただもの》じゃないってのは分かったわ」

今使用したのは、かつて【時術師《クロノマンサー》】というジョブを悪用していた執行対象から刈り取った時に会得《えとく》した能力だ。

奴隷錠《どれいじょう》で操《あやつ》られたテティを拘束した時に使った《神をも束縛する鎖《レージングル》》もこの【時術師《クロノマンサー》】のジョブスキルの一つである。

もっとも、元のジョブの持ち主は素早さを上昇《じょうしょう》させる魔法の使用しかできなかったようだが、イガリマで刈り取った後に強力な魔法を扱《あつか》えるジョブだと判明したのだ。

「と、今はそれより子供の救出が先だ。メイアやテティと合流して外に出るぞ」

「そ、そうね」

「それに、まだこれで終わりじゃないしな」

「……？」

怪訝《けげん》な顔を向けてくるレイシャには応《こた》えず、俺は子供たちを連れて建物の外へと出ることにした。

「レイシャお姉ちゃん！」

「大丈夫！　中にいた子たちは無事よ！」

フレイムイーターを倒した後、俺たちは炎に包まれた建物から元いた庭へと脱出《だっしゅつ》する。

幸い子供たちも全員軽症《けいしょう》で、軽い火傷《やけど》を負った子供がいたくらいだった。

「メイアにテティもよくやってくれたな」

「いえいえ、何のあれしき。アデル様の方は大変だったようですが。……いや、アデル様にとっては危険度A級の魔獣なんて朝飯前ですかね」

「え……、そうなの？」

「そうですよテティちゃん。アデル様はその更《さら》に上の上、危険度ＳＳ級の魔獣も倒したことありますからね」

「へ、へえ……。何だか、もうあんまり驚《おどろ》かないや」

俺はメイアやテティと合流し、フレイムイーターが火災の原因であったことや、討伐に成功したという経緯を共有する。

離れた所では救出した子供たちがいて、レイシャが皆を抱きしめていた。

その光景を見て息をつこうとして――、

「――っ」

感じ取ったのは殺気だった。

俺は瞬時《しゅんじ》に地面を蹴《け》り、レイシャたちのいる方へと駆ける。

「え――？」

レイシャが声を上げるのと同時、孤児院の敷地《しきち》外から大量の矢が飛来した。それはさながら矢の雨で、気付いたレイシャが子供たちをきつく抱きしめる。

「《風精霊の加護《シルフィード》》！」

俺は風の刃《やいば》で全ての矢を撃《う》ち落とし、攻撃の仕掛けられた方角を注視する。

そこにいたのは二十を越《こ》えようかという人影と、髪を後ろで束ねた金髪の男だった。

「おいおいマジかよ。完全に不意打ちのつもりだったんだがな」

「ベイリー、貴方っ……！」

レイシャが怒《いか》りを露《あら》わにして叫んだのは金髪の男の名だろう。

金髪の男改めベイリーは不敵な笑みを浮かべてこちらに歩いてくる。

「レイシャ。あの男は？」

「《灰燼の大蛇》のギルド長、と言えば分かるかしら」

「……なるほど」

つまりレイシャが孤児院を買い取るために金を支払っていた連中ということだ。孤児院を襲撃《しゅうげき》したのもこいつらの仕業《しわざ》だろうが、目的が見えない。

後ろでは既《すで》にメイアとテティが子供たちを守るように立ちはだかってくれていた。これなら俺は眼前の敵に集中できる。

「ベイリー。何故こんなことを……」

「お前がオレたちのギルドに入らないって言ったからな。首輪を繋《つな》いでおけるなら生かしておいても良かったんだが。と、ここまで言えば分かるか？」

「私が……、貴方たちの秘密を知っているから……」

「ああ、そういうことだ」

ベイリーは何が面白《おもしろ》いのか、目を細めて口の端《はし》を上げる。

レイシャは孤児院の件で《灰燼の大蛇》と関係を持っていた。推測になるが、取引を対等なものとするために何か奴等の不正や悪事などの事実を掴んでいたのかもしれない。

「どうして⁉　子供たちは関係ないじゃない！」

「いやいや、お前がオレたちのことを話しちまってるかもしれないだろう？　ならガキどもといえども放っておけるわけがねぇさ」

「そんな……。そんなことのためにっ！」

「感謝してくれよ、レイシャ。孤児院に関する契約が終わるまで待ってやったんだからな。ク、ハハハハハッ」

ベイリーが髪を掻《か》き上げて高らかに笑う。対照的にレイシャは涙《なみだ》を滲《にじ》ませ悲痛な表情を浮かべていた。

レイシャが孤児院を買い取るまで待っていたのは金のためだろう。金を支払わせ、それが終わったから切り捨てようとしたと、ベイリーが言っているのはそういうことだ。

俺はただ黙《だま》ってその会話を聞いていた。

そして、ベイリーに向けて執行人の能力を使用し、確認する。

＝＝＝＝＝＝＝＝＝＝＝＝＝＝＝＝＝＝＝＝
対象：ベイリー・レンツ
執行係数：１４０９３１ポイント
＝＝＝＝＝＝＝＝＝＝＝＝＝＝＝＝＝＝＝＝

「……」

少し、安心した。

敵がこういう屑《くず》でいてくれるなら、躊躇《ちゆうちよ》しなくて済む。

「さぁて。それじゃあ仲良く魔獣の餌《えさ》にでもなってもらうとするか。まずはさっき邪魔をしてくれた黒いローブのお前からだ！」

ベイリーは言って、何やら匣《はこ》のようなものを取り出す。その匣は黒く、ベイリーの手の平に収まる程の大きさだった。

――ブォン。

ベイリーがジョブスキルを使用したのだろう。

黒い匣が鈍《にぶ》く発光したかと思うと、突如として複数体の獣《けものがた》型魔獣が現れる。

それらの魔獣はどれもが巨大で、どれもが常人であれば目にしただけで戦意を喪失《そうしつ》してしまうほどの圧を放っていた。

「クックック。これがオレのジョブ【魔の狩猟者《デモンズハンター》】の能力だ。瀕死《ひんし》状態にした魔獣をこの匣に捕《と》らえ、オレの下僕《げぼく》に変えることができる」

「……」

「コイツらを捕らえるには相当苦労したが、危険度S級の魔獣に相当する化け物だ。それが五体。お前にはコイツらの餌になってもらう！」

ベイリーは余計な行動を取らず、すぐさま俺に向けて召喚した魔獣をけしかけてきた。

「オレの下僕たちよ、その男を食い殺せっ！」

襲《おそ》いかかる魔獣の咆哮を聞きながら、俺は静かに命じる。

――《魔鎌《まれん》・イガリマ》、顕現《けんげん》しろ。

「死ねぇっ！」

――ギシュッ。

ベイリーの放った魔獣たちが俺の眼前まで迫り、そして停止した。

「クハハハハハハハッ！」

魔獣の牙《きば》が俺を貫《つらぬ》いたと思ったのか、ベイリーの勝ち誇った笑い声が響《ひび》く。

しかし――。

――ドサドサッ。

「な――ッ⁉」

倒れていたのは魔獣たちの方だった。

振るったのはベイリーの執行係数《１４０９３１ポイント》を参照したイガリマだ。魔獣は一匹《ぴき》残らず両断され、俺の周囲に屍《しかばね》を晒《さら》している。

「ぐえっ！」

「かはぁ！」

ついでに《風精霊の加護《シルフィード》》で風の刃を飛ばし、離れた所から隙を窺《うかが》っていた連中を戦闘《せんとう》不能にしておいた。恐らく《灰燼の大蛇》の構成員だろう。

「これで終わりか？」

「そ、そ、そんなバカな……!?」

返ってきたのは焦燥《しょうそう》と驚愕《きょうがく》が入り混じったベイリーの声だった。

「ぎ、ギルドの総力を結集して捕らえた魔獣たちが……」

「凄《すご》い……。冒険者の中でもほとんど倒したことが無いと言われるS級魔獣を五体も。しかもあの一瞬で……」

ベイリーは信じられないといった様子で呟き、傍《かたわ》らで見ていたレイシャも続けて声を上げていた。

「お、お前、何なんだそのジョブスキルは!?　オレの魔獣を、いともたやすく……」

「答える義務はないな。ただ、お前がしてきた行いが影響している、とだけ」

「何だと……？　ワケの分からんことを……！」

相手の働いてきた悪行に比例して強さを増す。それがこの魔鎌《まれん》イガリマの能力だ。

ベイリーの執行係数は非常に高い数値を示しており、その分だけ俺のイガリマも強化されていた。

普段よりも強い魔力を帯び、禍々《まがまが》しい雰囲気《ふんいき》を纏っている。

「おのれ……。こうなったら、奥の手だ……！」

ベイリーが何事かを呟き、先程までとは別の黒い匣を取り出した。また何か魔獣をけしかけるつもりらしい。

「まったく、諦めが悪いですね」

背後から聞こえたメイアの声に心の中で同意する。

「ククク、今度こそお前も終わりだ。今度の魔獣は一味違うぞ。あの方が瀕死状態にした魔獣をこの匣に封《ふう》じ込めているのだからなぁ！」

——あの方、か……。

俺はテティを利用していた大司教クラウスのことを思い出す。確かあの時、クラウスも「あの方」という呼び方をしていた。

恐らくそれが、ここ最近の事件の裏で暗躍《あんやく》し王家に関わっている人物、マルク・リシャールなのだろう。

ということはやはり、このベイリーもマルクと何かしらの接点があるということになる。

「さあ、伝説の魔獣よ！　その姿を現すが良い！」

ベイリーが声高らかに叫ぶと、黒い匣から稲妻《いなずま》のような閃光《せんこう》が走る。

——グルガァアアアアアア‼

そして、現れたのは巨大な黒い狼だった。

「どうだ⁉　ドラゴンにも匹敵《ひってき》する強さを持つとされる魔獣。それがこの黒狼ヘルハウンドだ！」

「…………」

ベイリーはヘルハウンドを出現させたことで勝利を確信したのか、自信満々に高笑いをし始めた。

それに対し、俺はどう反応すべきか思考を巡らせる。

「どうした、声も出ないか？　まあ無理もない。こんな魔獣、お前は目にしたことも無いだろうからなぁ！」

「いや、その魔獣ならよく知ってるさ」

「何……？」

――黒狼ヘルハウンド。

俺が以前、貴族のゲイル・バートリーを執行する際に召喚した魔獣だ。

「俺もその魔獣には何度か世話になってるしな」

「な、何を言って――」

理解できない様子のベイリーを尻目《しりめ》に、俺は青白い文字列を表示させる。

＝＝＝＝＝＝＝＝＝＝＝＝＝＝＝＝＝＝＝＝＝

累計執行係数：２３２１８ポイント

執行係数５０００ポイントを消費し、《魔獣召喚》を実行しますか？

＝＝＝＝＝＝＝＝＝＝＝＝＝＝＝＝＝＝＝＝＝

承諾──。

「魔獣召喚、ヘルハウンド──」

「え……？」

唱え、俺の傍らには別の個体のヘルハウンドが召喚された。

その体躯《たいく》はベイリーが放ったヘルハウンドよりも更に巨大で、一回り以上大きく見える。

「魔獣と言っても、それぞれの個体によって強さは異なる。それを今から見せてやるよ」

「え………。は？」

──グゴァアアアアアアアアア！！！

俺の喚《よ》び出したヘルハウンドが咆哮すると、ベイリーの召喚したヘルハウンドは力量差を悟ったらしい。

頭を下げ、服従の意を表明する。

その様子を見て、呆《ほう》けていたベイリーが正気を取り戻した。

「ば……！　何をしているヘルハウンド！　そんな奴が呼び寄せた魔獣なぞ、見掛け倒しに決まっている！　かかれっ！　かかれと言っている……！」

──クゥン……。

しかし、ベイリーの召喚したヘルハウンドは首を振り、怯えたように小さく鳴くばかりだ。

「そ、そんな……」

やがて相手のヘルハウンドは消滅《しょうめつ》し、ベイリーは跪《ひざまず》く。

――グルルルル。

そして俺の召喚したヘルハウンドは嬉しそうに俺の脇腹《わきばら》へと頭を擦《こす》りつけていた。

「嘘《うそ》、だ……。こんなことが……」

ベイリーはガクリと肩《かた》を落とし、明らかに戦意を喪失《そうしつ》しているようだった。

そんなベイリーに向け、俺は一言呟く。

――執行完了《ざまあみやがれ》、と。

＝＝＝＝＝＝＝＝＝＝＝＝＝＝＝＝＝＝＝＝＝＝＝＝＝

ベイリー・レンツの執行完了を確認しました。

執行係数１４０９３１ポイントを加算します。

累計執行係数：１５９１１４９ポイント

＝＝＝＝＝＝＝＝＝＝＝＝＝＝＝＝＝＝＝＝＝＝＝＝＝

＊＊＊

「本当にありがとうございます。私と子供たちを受け入れてくださって」

「いえいえ、執行人様の頼みとあらば断るわけにはいきません。それに我らの村も以前、執行人様に救っていただいた立場ですからな」

「事情はお聞きしました、レイシャさん。私、リリーナ・バートリーがこの地の領主として皆さんを保護させていただきます」

孤児院襲撃事件の後、よく晴れた日。

俺たちはレイシャや孤児院の子供たちと一緒にラヌール村へとやって来ていた。以前、執行依頼を受け盗賊団の手から解放した村だ。

孤児院が焼け落ちて行き場のない子供たちを受け入れてくれないかと相談したところ、トニト村長も新しく領主となったリリーナも二つ返事で快諾《かいだく》してくれた。

レイシャが《灰燼の大蛇》に支払っていた金銭は回収し、その上でベイリーを始めとして《灰燼の大蛇》の構成員は王都の自警団に引き渡していた。もちろん、奴等の悪事を暴《あば》いた上でだ。

残念ながらベイリーはマルクについて詳《くわ》しくは知らず、貸し出す魔獣の対価として王家に献金《けんきん》するよう指示を受けていただけだったらしい。

「レイシャさん、《灰燼の大蛇》から回収したお金を冒険者の方々に返すって言ってましたね」

「ああ。といっても、依頼者の冒険者たちは逆に子供たちのこれからのために資金援助《えんじょ》したいとか言い出していたけどな。パーティーの仲間もそれで良いと言っているとか」

「それでも、レイシャさんはきちんと会って謝罪したいと言ってたんですよね？」

「そうだな。今度日程を決めて会う予定だ」

そもそも今回の一件は、冒険者パーティーのリーダーたちがレイシャに金を盗まれたということから始まったものだった。

それが結局は孤児院の窮地を救うことに繋がったのだから分からないものだ。

「アデルが事情を説明したら依頼者の人たち泣いてたね。たとえ一時でも仲間だったから、ぜひ協力させてくれって。あの人たち、けっこうお人好《ひとよ》しだと思う」

「まあ、お人好しだから金を盗まれたのかもしれないけどな」

「ふふ。それは確かに」

俺たちの中で一番純粋《じゅんすい》そうなテティがお人好しというのもどうかと思うが……。

それでも、テティにとっては《銀の林檎亭》に来てから初めての依頼だ。テティも色々と感じたことがあるらしく、目を細めてレイシャや子供たちを見つめていた。

「さて、それじゃ俺たちは酒場に帰るとするか」

「あ、アデル。あれ」

テティに服の端を引っ張られて見ると、レイシャがこちらへと駆けてくるところだった。

「あのっ――――！」

「どうした？」

「もう一度、お礼が言いたかったの。子供たち……、ううん。私たちを救ってくれて、本当に感謝しているわ」

「ああ。何にせよ、落ち着ける場所が見つかって良かったな」

「ええ……。本当にあなたのおかげよ。ありがとう」

そう言ってレイシャは赤髪を耳にかけて笑う。

その笑顔は太陽の光を受けていて、とても輝《かがや》いて見えた。

＊＊＊

一方その頃、ヴァンダール王家にて。

「で？　どうするんだい、シャルル。僕《ぼく》としては黒衣の執行人に手を出すべきじゃないと思うんだけどね」

「黙れ……」

玉座に腰掛けたシャルル・ヴァンダールが返した言葉は、酷《ひど》く乾《かわ》いた声だった。シャルルはマルクの投げかけた問いにすぐには答えず、沈黙《ちんもく》が広がる。

そして、シャルルは何かを決めたかのように玉座から腰を上げ、そして厳《おごそ》かに言い放った。

「例の者を呼べ。アデルを……、アデル・ヴァンダールを暗殺する——」

6章　そして物語は始まりへ

「あ、アデルさん」

「マリーか。来てたんだな」

「はい。今週もお花を持ってきました！」

俺《おれ》が依頼者《いらいしゃ》から受けた仕事を終えて酒場——《銀《ぎん》の林檎亭《りんごてい》》に戻《もど》ってくると、そこには花屋のマリーがいた。

以前受けた依頼の報酬《ほうしゅう》を届けに来てくれたらしい。

マリーは週に一度、こうして足を運んで花を持ってきてくれていた。マリー曰《いわ》く「私がもらった恩はまだ返しきれませんよ」だそうだ。

その気持ちはありがたいのだが……。

「マリーさん、こんにちは。いつもお花ありがとうございます。とっても嬉《うれ》しいです」

「ふふ、メイアさんにも喜んでもらえて何より。もっともっとお花持ってきますね」

「……」

どうやら酒場が花で埋《う》め尽《つ》くされる日も遠くなさそうだ。

俺は溜息《ためいき》を一つついて、新しく持ってきた花のことで盛り上がっているメイアとマリーを眺《なが》めた。

「あれ？　そちらの獣人《じゅうじん》の子は初めて、かな？」

「あ……、えと。テティ、です。初めまして」

マリーに声をかけられ、テティはペコリと律儀《りちぎ》にお辞儀《じぎ》をする。

「はい、初めまして。私はマリーと言います。以前、アデルさんに命を救っていただいた者です」

「命を救われた、は大げさじゃないか？」

「いいえ。アデルさんに救っていただいたあのお店は私にとってとても大切な場所ですし、何より
あのお店が無ければ私は生活していけませんでしたからね。だから、アデルさんは命の恩人ですよ」

「……そうか」

「わたしも、アデルに命を救ってもらった」

テティが続いて、マリーは「やっぱりアデルさんは凄《すご》いなぁ」と漏《も》らしていた。

そんなに持ち上げられるのもくすぐったいが。

「そういえば、この前の仕事な。マリーのお陰《かげ》で助かったよ」

「私の……？　どういうことです？」

マリーがきょとんとした顔で尋《たず》ねてくる。

この前の仕事——冒険者《ぼうけんしゃ》たちから依頼を受け、金を盗《ぬす》んだ犯人を捜《さが》してほしいという依頼。

その一件は、テティがレイシャのつけていた香水《こうすい》を辿《たど》ったために孤児院《こじいん》にいた子供たちを救うこ
とに繋《つな》がったのだが、それはマリーが酒場に届けてくれたアイリスローゼンという花が手がかりに
なっていた。

俺は事の顛末《てんまつ》をマリーに話していく。

「なるほど、そんなことが……。でも、アイリスローゼンの香水の匂《にお》いだけで人を捜し出すなんて凄いですね、テティさんは」

「ん……。ありがとう。わたしも、アデルの役に立てたなら嬉しい」

テティはそう言って、尻尾《しっぽ》をパタパタと振《ふ》っていた。

それから二人は意気投合したようでしばらく話をしていたのだが、何がきっかけとなったのか酒場に置かれた花の解説をマリーがし始める。

何だか前にもこんな光景を見たなと思いながら、俺はカウンターの籠《かご》に入れてあった林檎《りんご》を取り出した。

「やれやれ」

「アデル様、また林檎ですか？」

取り出した林檎に口をつけていると、メイアが手持ち無沙汰《ぶさた》になったのか俺の横にやって来る。

「ああ。やっぱりこいつが一番旨《うま》い」

「それでは私も一つ」

メイアも籠から一つの林檎を取り出すと、可愛《かわい》らしくかぷりと齧《かじ》りついた。

そうして甘酸《あまず》っぱい果実で口の中を満たしていると、メイアと出会った頃《ころ》のことを思い出す。

「メイア、いつもサンキュな」

「え？　どうしたんです？」

「いや、いつも助かってるなと思ってさ。俺がこうして酒場をやりながらもう一つの仕事ができているのも、メイアのおかげだからな」

「アデル様……」

メイアが銀髪《ぎんぱつ》を揺《ゆ》らし、柔《やわ》らかく笑う。

俺が復讐《ふくしゅう》代行をやっている中で、先程《さきほど》のマリーのように感謝してくれる人物も少なくない。けれどそれは、元はと言えば今隣《となり》で微笑《ほほえ》んでいる女の子のおかげだった。

「あの時も言いましたが、私はいつまでもアデル様にお仕えしますよ」

「……」

「それに、マリーさんやテティちゃんのように、アデル様に命を救っていただいたのは私も同じですから」

「……まあ、そう言ってくれると悪い気はしないけどな」

真っ直《す》ぐな言葉が少しだけ照れくさくて、俺はメイアから視線を逸《そ》らす。

「……?」

テティがマリーと話す傍《かたわ》ら、耳をピクリと反応させているのが目に入った。


マリーが帰っていって、酒場の営業時間も終えた頃。

その日の夜は珍《めずら》しくもう一つの仕事の客も訪《おとず》れなかった。

皆《みな》で一緒《いっしょ》に酒場の片付けを済ませた後で、テティが何やら神妙《しんみょう》な面持《おもも》ちで問いかけてきた。

「あのさ……、アデルとメイアに聞きたいことがあるんだけど」

「何ですか？　テティちゃん」

「うん。ずっと気になってたんだよね。アデルとメイアって前からこの酒場をやりながらもう一つの仕事もやってるみたいだけど、それはどうしてなの？」

「ああ……」

テティの唐突《とうとつ》な質問に、俺とメイアは顔を見合わせる。

「それにさっき、メイアも命を救われたって言ってた。だから、二人の関係が気になって……」

「……」

──そういえばあれからもう二年になるか……。

テティが尋ねてきて、俺はメイアと出会った頃のことを思い出す。

メイアに顔を向けると、優《やさ》しく笑って頷《うなず》いてきた。話してオーケーということだろう。

「俺とメイアが出会ったのは、二年前のことだ」

「二年前……？」

俺はカウンターの上の籠に入っていた林檎を取り出して、言った。

「ああ。雪の降る日でな。俺がメイアから林檎を貰《もら》ったのが始まりだったんだよ──」

＊＊＊

「うわぁああっ！　なにしてんだお前っ！」

「……ん？」

すっかり日が落ち、街の酒場が盛り上がってくる頃。

路地裏に置いてある残飯の詰まった樽《たる》に顔を突《つ》っ込《こ》んでいると、酒場の裏口から出てきた店の男に素っ頓狂《とんきよう》な声を上げられた。

「駄目《だめ》だったか？」

「だ、駄目に決まってるだろ！　お前みたいなやつがいると客が逃《に》げるんだよ！」

酒場の男の叫《さけ》ぶ声が路地裏に反響《はんきよう》する。

気付けば騒《さわ》ぎを聞きつけた野次馬《やじうま》がゴミを見るような視線を俺に向けていた。

「……分かったよ。迷惑《めいわく》かけて悪かったな、ごちそうさん」

「二度と来るんじゃねえ！」

男の投げた石が俺の頭に当たり、辺りから嘲笑《ちようしよう》が巻き起こる。

虚《うつ》ろなまま振り返ると、野次馬の何人かは笑い、何人かは怯《おび》え、何人かは興味を失ったように踵《きびす》を返していたところだった。

「とりあえず、腹は満たせたな……」

授《さず》かったジョブが無能だと蔑《さげす》まれ、王家を追放されたのが数ヶ月前。

俺が家宝を盗み出そうとしたという、父シャルルの流したデマのせいで冒険者登録すらできずにいた。

そろそろ野良犬のような暮らしにも慣れてきた頃だ。もちろん、慣れたくなどないのだが……。

王都から離《はな》れることも考えたが、金も無く、何の装備も調《ととの》えられない状態で王都の外へ出ても、人のいる土地に辿り着くまでに果てる可能性の方が高そうだと思い断念した。

「雪、か――」

路地裏から表通りに出ると、空から白い塊《かたまり》が降ってくるところだった。

「まいったな。これは本格的に雪の季節だな」

外套《がいとう》なども与《あた》えられず王家を追放された俺には、寒さを凌《しの》ぐまともな服がない。雪が降るくらいの寒波となると本格的に今の状況《じようきよう》を変えないとヤバそうだ。

「とりあえず、どこか寒さを凌げる場所に……。ん――？」

俺が空から地上へと視線を戻《もど》すと、そこには少女がいた――。

雪が降る幻想《げんそう》的な光景に似つかわしい、透《す》き通るような銀髪を持つ少女だ。少女は黒い外套に身を包んでいて、それが少女の銀髪をより印象的なものにしていた。

その銀髪の少女と目が合ったのも束《つか》の間《ま》。

「フードを被《かぶ》れ。あまり素顔《すがお》を晒《さら》すな」

「……はい」

隣《となり》にいた大柄《おおがら》な男が銀髪の少女に声をかけている。

その男も少女と同じ黒い外套を着込んでいて、同じような服装なのに少女のそれとはだいぶ印象が違《ちが》うと感じた。

「行くぞ。こんなところに用はない」

大男が踵を返そうとして、一瞬《いっしゅん》だけ俺の方を見る。

「ふっ。あの惨《みじ》めな男、まるでお前みたいだな」

「……」

銀髪の少女はわずかに俯《うつむ》き、少し遅《おく》れて大男と共に表通りへ姿を消した。

それを見送り、あの二人とは反対方向へ歩を進めながら、俺は呟《つぶや》く。

「……あんな綺麗《きれい》な子が惨めとか、目が腐《くさ》ってんのか？」


翌日――。

雪は一層に激しさを増していた。辺り一面は雪景色に覆《おお》われ、とにかく寒い。

それでもその日は運が良かった。

数日ぶりに仕事にありつくことができたからだ。足元を見られて、ブロス銅貨八枚という通常の一割程度の賃金になったが……。

それでも久しぶりに金を得た俺は、背中と張り付きそうになっている腹を満たすため、露店《ろてん》で売っている肉を買うことができた。

仕事と同じく、数日ぶりの食事だ。

俺は少しでも寒さから逃《のが》れられるようにと、狭《せま》い路地裏に場所を移す。ちらりと大通りの方を見ると、花屋の女性が雪の降る中にも拘《かかわ》らず笑顔《えがお》で接客していた。

「さて、それじゃいただくとしますか」

独り呟いて、獣肉にかぶりつこうとする。

――ニャーン。

か細い鳴き声に反応して見ると、そこには猫《ねこ》が一匹《ぴき》。

その猫は見るからに痩《や》せ細っていて、そのまま放っておいたら餓死《がし》するんじゃないかと思う程だった。

「……俺より食べてないんじゃないか？　お前」

――ニャーン。

猫は催促《さいそく》するわけでもなく、ちょこんと座《すわ》って鳴いているだけだ。

それでも、俺はどうにもいたたまれなくなり、頭を掻《か》きむしる。

「ったく……」

俺はその猫に向けて数日ぶりの食事を投げ捨てた。

――ニャーン⁉

良いのか、と。猫が鳴いた気がした。

「まあ、慣れてないものを食べると胃がびっくりするかもしれないからな。俺は他で飯を探すとするよ。また残飯漁《あさ》りになるだろうけど」

猫は俺の言うことを理解したわけじゃないだろうが、俺に頭を擦《こす》り付ける。そしてすぐに獣肉を咥《くわ》えてどこかに走り去っていった。

――自己満足だろうか？

そんな考えがよぎるが、それでも別にいいかと思い直す。

究極的に、人は自分のしたいことをして生きているのだ。

――グゥー、と。

腹の虫がなる。

偽善者《ぎぜんしゃ》ぶっても腹は当然ながら満たされない。

仕方ない、またどこかで残飯を漁るかと、歩き出そうとしたその時だった。

「――これ、良かったらどうぞ」

「え……？」

不意にかけられた声に顔を上げると、そこには銀髪少女がいた。

昨日と変わらず黒い外套を身に纏《まと》い、俺へと差し出した手には林檎が握《にぎ》られている。間近で見るとやっぱり整った顔をしていて、それだけで息を呑《の》んでしまう。

「餌《えさ》、あげてましたね。猫ちゃんに」

「……別にいいだろ。俺がそうしたかったんだよ」

「はい、別にいいです」

銀髪の少女がにっこりと笑いかける。

変わった子だ。

「だから、どうぞ」

何が「だから」なのか分からないが、銀髪の少女は俺に押《お》し付けるようにして林檎を握った手を近づけてくる。

「ありがとう……」

俺は差し出された林檎を受け取り、礼を言った。

「それから、そのままじゃ寒いでしょう？　これでも着てください」

言って、銀髪の少女は自分が着ていた黒い外套を俺に渡《わた》してくる。俺の手に収まったその外套にはまだ少女の体温が残っているのか、とても暖かく感じられた。

「ふふ。特殊《とくしゅ》な糸で編まれた外套なんですよ。長持ちすると思います」

「いいのか……？　何も返せないぞ」

「いいんです。私がそうしたいんです」

少女の蒼《あお》い瞳《ひとみ》は真っ直ぐに俺の方を向いていて、不思議な強さを感じる。

やっぱり変わった子だなと思った。

「それじゃあ私、行きますね」

「あ……。本当に、ありがとう」

俺がそれだけ伝えると、少女はまた微笑んで雪の降る大通りの方へと駆《か》け出していった。

銀髪の少女が去っていった後で、俺は赤い果実にかぶりつく。

「旨い……」

甘酸っぱい汁《しる》が口いっぱいに広がり、感じていた寒さがどうでも良くなる。

久しぶりにまともなものを口にしたからなのか、それとも少女の優しさを受けたからなのか、勝

手に涙《なみだ》が溢《あふ》れてきた。

——ああ、旨いなぁ畜生《ちくしょう》。

それは誇張《こちょう》でもなんでもない。

王宮にいた頃に食べたどんなご馳走《ちそう》よりも温かく、人生で一番旨いと感じた食事だった。

＊＊＊

「この愚《おろ》か者が！」

——バシィッ！

平手で叩《たた》かれ、私は大理石の床《ゆか》を転がった。少し遅れて頬《ほお》から痛みが上がってくる。

「見ていたぞメイア。あのような奴《やつ》に施《ほどこ》しを与えるなど。そこまで腑抜《ふぬ》けに教育した覚えは無いぞ！」

「……」

私の兄、ラルゴ・ブライトが見下ろしながら冷たい声を吐《は》く。

ラルゴ兄様は見るからに憤《いきどお》っていて、普段《ふだん》の冷静な仮面が剥《は》がれていた。昼間、私があの男の人に食事と衣服を提供した結果だ。

「言い訳ができるならしてみせろ。メイア」

「……私には、ラルゴ兄様が何に怒《おこ》っているのか分かりません」

「何だと……？」

つい本音が漏れていた。

ラルゴ兄様の怒《いか》りを買い、私は二度三度と叩かれる。

「メイア。貴様はまだ暗殺者の一族に生まれた自覚が無いようだな」

「……暗殺者の一族に生まれたから何だと言うのですか。私は罪もない人を殺すラルゴ兄様のようにはなれません。なりたくもありません」

「黙《だま》れっ！　一族の侮辱《ぶじょく》をするなど許さんぞ！」

私が生まれたブライト家は金のために人を殺すことを生業《なりわい》としていた。

物心ついた頃から暗殺のための戦闘術《せんとう》を教え込まれ、随分《ずいぶん》と辛《つら》い思いをした覚えがある。

私が神様から【アサシン】のジョブを授かった時、ラルゴ兄様はとても喜んでくれた。

これで優秀《ゆうしゅう》な手駒《てごま》が増えた——と。

私は人を殺すなどしたくはないというのに。

近頃はラルゴ兄様に連れられ王都リデイルに行くことも増えた。人をよく観察しろと。そしてどう動くのかを見ておけと。

いずれ人を殺すための「練習」であることは言われずとも分かった。私にはそれがたまらなく嫌《いや》だった。

定められた稼業《かぎょう》に染まるのではなく、もっと別の道を歩みたい。女の子らしく可愛いものを愛《め》でながら生きたい。そして、人に優しくできる人でありたい。

それは叶《かな》わない願いなのだろうか？

「貴様は自分に酔《よ》っているだけだ。自分より弱い者に施すことで自分は優しい人間なんだと思いたい。そういうただの自己満足だ」

「……っ」

「良いかメイア。弱い者は利用すること、利用できない者は排除《はいじょ》することが強者の義務だ。いつの世もそうして回ってきた。かつて魔族《まぞく》を排除し、人間が今の繁栄《はんえい》を築き上げたようにな」

「でも――」

「もうよい、ラルゴよ」

ラルゴ兄様の言い分に反論しかけた私の言葉を遮《さえぎ》ったのはお父様だった。

「それ以上、言葉で言っても無駄だ」

「しかしですね、父上」

「メイアよ。確かにお前の中には甘さがある。しかしそれはお前がまだ殺しを経験したことがないからだと我は考える」

お父様は私に冷めた目を向けたままで告げる。

そして、次に続けられた言葉は私にとって受け入れがたいものだった。

「お前にとって適した相手を用意した。一人殺せばその甘さも消えよう」

「…………え？」

お父様は言って、一枚の紙を取り出す。

それは見慣れたもので、私たち一族が暗殺対象を確認《かくにん》するための紙だった。

「念のため確認しておこう、メイア。お前は女だ。ならばそれを活かす道もあるが？」

「嫌、です。自分が心に決めていない人に身を捧《ささ》げるなど……」

「ならばやるべきことは一つ。分かるな？」

そう言ってお父様は、暗殺対象の姿絵が描《えが》かれているであろう紙を前へと差し出した。

そこに描かれている人物を殺せと、拒否《きょひ》すれば女である私を一族のための道具として使うと、そういうことだ……。

「メイアに適した暗殺対象というのは、どんな相手ですか？　父上」

「見れば分かる」

「ほう……。どれどれ」

ラルゴ兄様がお父様から紙を受け取り、目を通す。

そして、一瞬驚《おどろ》いたように目を見開いた後、声を上げて笑い出した。

「ハハハッ！　これは良い。確かにお前の甘さを断《た》ち切るには格好の相手だ」

「それは、どういう……」

ラルゴ兄様が寄越《よこ》した紙が私の前に落ちる。そこに描かれていた人物を見て、私は息を呑んだ。

「この人、は……」

「その者は追放された身だ。故《ゆえ》にその者をお前が殺したからとて悲しむ者は一人もおらんということになる」

私が拾った紙には、私が食糧《しょくりょう》と外套を与えたあの人が描かれていた。

「アデル・ヴァンダール。第七王子だ。と言っても、元だがな。数ヶ月前に王家を追放されている。更《さら》にその者はジョブスキルを持っておらんらしい。初任務としては適しているだろう」

「ええ。まさに仰《おっしゃ》るとおりですよ、父上」

お父様とラルゴ兄様が話しているが、その内容はまともに耳に入ってきてくれない。

そして……。

「アデル・ヴァンダールを殺してこい、メイア。それでお前は真にこの家の一員となるのだ」

跪《ひざまず》いた私の上から、そんなラルゴ兄様の声が響《ひび》いた。

＊＊＊

「悪いねぇ。今は人を雇《やと》っている余裕《よゆう》がなくてね」

「……分かりました。仕事の邪魔《じゃま》をしてすみません」

銀髪の少女と出会った翌日。

俺は何か仕事をやらせてもらえないかと頼《たの》んで回っていた。しかし、それを何件か繰《く》り返しても空《から》振《ぶ》りに終わっている。

嘆息《たんそく》していると、話していた男が何かに気付いたように口を開いた。

「アンタ、金が無いのかい？　仕事はやれねぇが、中々良い服を着てるじゃねえか。その黒い外套をくれるならいくらか金をやってもいいぜ」

「……悪いですが、これだけは売るわけにはいきません」

「ああ、そうかい」

そこで男は俺に興味を失ったようだった。俺は一礼して踵を返す。

銀髪の少女から譲《ゆず》ってもらった黒い外套のお陰で寒さを凌げていると言っても過言ではない。しかし、俺がこれを譲りたくない理由は別にあった。


「やれやれ、今日も駄目そうだな……」

金を得る手段が見つからないことを嘆《なげ》いていると、腹の虫が鳴る。

雪が降ろうと、俺が金を持っていなかろうと、そんなことは関係ない。俺の腹は早く飯を寄越せと催促してくるばかりだ。

が、その日は運が悪くめぼしい残飯も見つからなかった。

「仕方ない。危険だが、魔獣を狩《か》るか」

俺はそう独り呟いて、王都の外れにある洞窟《どうくつ》へと向かうことにする。

「……ん？」

歩き出そうとしたところ、何かの気配を感じた気がして振り返る。しかしそこには誰《だれ》もおらず、感じた気配も霧《きり》のように消え去っていた。

——気のせいか？　確かに気配を感じたんだがな……。

＊＊＊

「ハァッ――！」

――ザシュ。

洞窟に入ってすぐ。

猪形《いのししがた》の魔獣、ワイルドボアと交戦して、俺は何とか一太刀《ひとたち》を浴びせる。

とはいえ俺の攻撃《こうげき》は前足を斬《き》り落とすに留《とど》まり、ワイルドボアは悲鳴を上げながらも洞窟の奥《おく》へと引っ込んでいった。

「やれやれ……、危険度B級くらいの魔獣であれば何とか戦えるか」

俺は手にした剣《けん》――とも呼べない物体を見て呟いた。

それは柄《つか》から先に三分の一程の刀身があるばかりで、そこから先は切断されて失《な》くなっている。

数日前、俺がある盗賊団《とうぞくだん》の男たちを撃退した際に連中が残していったものだ。

「確か世界一硬《かた》いオリハルコンで造られた剣だと言っていたが、やっぱりこれじゃまともに戦えないな」

言いつつ、俺は斬り落としたワイルドボアの前足を手に取る。これでとりあえず腹は満たせるだろう。

「不味《まず》い……」

火を熾《おこ》そうにもそのための道具がない。

仕方なしにそのまま一口齧ってみるが、お世辞にも旨いとは言えなかった。いやが上にも銀髪少女からもらった林檎の味が思い出される。

「それにしても、やっぱり発動しないか……」

俺は自分の右手をしげしげと見つめる。

先日、盗賊団を撃退した際に起こった不思議な現象。

あの時、オリハルコンの剣による攻撃を防ごうとした俺の手には、漆黒の大鎌が握られていた。

無我夢中だったためよく覚えていないが、その漆黒の大鎌がオリハルコンの剣を斬り刻んだことは覚えている。

それからもう一つ、念じることで青白い文字列を表示させることができるようになっていた。

＝＝＝＝＝＝＝＝＝＝＝＝＝＝＝＝＝＝＝＝＝＝＝＝
累計執行係数《るいけいしっこう》：９４８３ポイント
使用可能なジョブスキルはまだありません。
＝＝＝＝＝＝＝＝＝＝＝＝＝＝＝＝＝＝＝＝＝＝＝＝

――やっぱり意味不明だよな……。

魔獣との戦闘や傭兵《ようへい》の仕事を受ける試験の模擬《もぎ》戦など、あれから何度か試《ため》してみたが、漆黒の大鎌は現れてくれない。

世界一硬いオリハルコンを斬れるほどの武器だ。あれが自由自在に使えるようになれば今の生活からも脱却《だっきゃく》できるかもしれないのだが……。

と、俺が仕方のないことを考え、ワイルドボアの肉に食いつこうとした時だった。

洞窟の入り口の方に気配を感じて振り返る。

そこに立っていたのは、昨日会った銀髪の少女だった。

「凄いですね。《気配遮断《しやだん》》のジョブスキルを使っているのにお気付きになるなんて」

「君は……」

何故《なぜ》こんな洞窟にいるのか。

そう問いかけようとして、先に口を開いたのは銀髪少女の方だった。

「こんにちは、アデル・ヴァンダールさん」

「……どうして俺の名前を知っている？　昨日会った時には名乗ってないはずだが」

「ええと、それはですね……」

銀髪の少女はどこから話せばいいかを考えている様子だ。

可愛らしく首を傾《かたむ》け悩《なや》んでいる。そして、何を話すか決めたのか、銀髪少女は俺に向けて口を開いた。

「私、メイア・ブライトと言います。あなたを暗殺するように命じられて、それで名前を知りました」

「…………」

沈黙《ちんもく》――。

聞き間違いかとも思ったが、メイアと名乗った銀髪少女の顔は至って真剣だ。

一体どこに暗殺を宣言する暗殺者がいるというのか。

「…………お前、馬鹿《ばか》なのか？」

「はい。馬鹿かもしれませんね」

メイアは笑い、続けてこう言った。

「アデルさん。私、あなたと少しお話がしたいです」

＊＊＊

「アデルさん、凄いですね。ジョブスキルを使わずに危険度Ｂ級のワイルドボアを倒《たお》すなんて」

「手に入れたのは前足だけだけどな」

俺とメイアは、火に炙《あぶ》られた猪の肉を見つめている。

メイアが火を熾すための可燃石という道具を持っていたおかげで、洞窟内でも火を熾すことができた。一定の衝撃《しょうげき》を与えることで発火する代物《しろもの》だ。

脂《あぶら》が火に落ちる音と共に香《かお》ばしい香りが漂《ただよ》ってきて、食欲がそそられる。

「何かすいません。私まで分けていただいて」

「いや、それは構わない。というか、一人じゃ食いきれないし」

「ふふ。ありがとうございます。……あ、焼けたみたいですよ。熱いうちにどうぞ、アデルさん」

「どうも……」

メイアが焼けたワイルドボアの肉を取り分けて寄越してきた。

俺とメイアは揃《そろ》って肉にかぶりつく。生の時と違って意外にも美味だった。

──って、何を和《なご》んでいるんだ。

俺は隣に腰掛《こしか》けたメイアに目を向けると、緊張《きんちょう》感なく肉を頬張《ほおば》り咀嚼《そしゃく》している。

「んー、初めて食べましたが中々美味《おい》しいですねコレ」

「……」

火が揺らめき、メイアの整った顔が照らされる。

俺はそこであることに気付いたが、触《ふ》れていい話か分からず、自分も肉に口を付けていった。

「なあ、そろそろ良いか。ここに来た理由を話してもらっても」

二人で肉を食べた後、俺は本題を切り出した。

調理に使っていた可燃石がまだくすぶっていて、俺たちは近くの岩に腰掛けている。

「さっき君は俺を暗殺するよう命じられたと言っていた。けれど君にその素振《そぶ》りは微塵《みじん》も感じない。呑気《のんき》に俺の横で肉を食っていたくらいだからな」

「ふふ、そうですね。……私は確かにあなたを暗殺しろという命令を受けました。けど、そんなつもりはまったくありません」

メイアは少し悪戯《いたずら》な笑みを浮《う》かべて、それから真剣な表情になる。

「私があなたに会いに来たのは、忠告をするためです」

「忠告……？」

「はい。まずはこれを伝えておいた方が分かりやすいかと思いますが、私は暗殺者の一族に生まれた人間です」

メイアは言って、少し俯きながら透き通った銀髪を耳にかける。仕草は年頃の少女のそれで、とても暗殺者には見えない。

「ですが、私はまだ人を殺したことがありません。これからも、殺したくなど無いと思っています」

何となく、その言葉の方がしっくり来た。

街を彷徨《さまよ》っていた俺に食糧を与えたり、外套を与えたりと。そもそもメイアの行動は暗殺者には似つかわしくなかったからだ。

「暗殺者なのに人を殺せない。そんな私を見て、お父様とお兄様はある命令を下しました」

「……それが、俺を殺せという指示か」

「はい。一人殺せば甘さも消えるだろう、と」

「なら、俺がどういう人間かも？」

「知っています。第七王子、アデル・ヴァンダール様」

「……元だけどな」

まあしかし、なるほど。

つまり俺はメイアの初の暗殺対象として打って付けだと判断されたわけだ。

何かジョブスキルを使えるわけでもなく、追放された人間だから余計な怨恨《えんこん》を抱《いだ》く者もいない。

そういう理由からだろう。

暗殺の依頼を出したのは誰かとも考えたが、そこは別にいいかと思い直す。

王家にいた頃から政策には口を出していたし、強く反対意見を論じることもあったから、王家内部、王家に関係している貴族と、心当たりはある。俺の兄上たちのいずれかという可能性もあるが、それは今重要ではない。

それよりも、解せないのはメイアの行動だ。

「なあメイア。君は何で俺を殺そうとしないんだ？　いや、もちろん殺されたくなんてないんだが」

「お母様が、優しい方だったからです」

「……」

だった、か……。

「お母様は私に言ってくれました。暗殺者一族に生まれてもあなたはあなたよ、と。女の子らしく可愛いものを愛でて、自分の好きなものや好きな人を見つけて、そのために生きて良いのだと。その言葉は、今でも私の中に残っています。何よりも強く。ただ、それだけです」

「……そうか」

メイアにとって母親というのは大切な人だったのだろう。目を見て、何となくそんな気がした。

「それで、さっき言っていた『忠告』というのは？」

「はい。私はこの暗殺を実行するつもりは毛頭ありません。しかし、暗殺者一族としては一度暗殺すると決めた者を放置はしないでしょう」

「まあ……、そうだろうな」

「となると、恐《おそ》らくお父様かお兄様があなたの命を狙《ねら》うはず。そしてお父様もお兄様も非常に強力なジョブを持っています。だから、お願いです。この後、私と別れたら遠くの地に逃げてほしいんです」

そういうことか。メイアはその忠告をわざわざ伝えに、俺の所までやって来てくれたわけだ。

しかし……。

「一つ聞きたい。君はどうなるんだ？」

「と言うと？」

「君はさっき暗殺を実行に移す気は無いと言った。俺を見逃《みのが》さないのと同じように、君の判断を暗殺者一族が見過ごすとも思えないんだが」

「良くて、どこの誰かも知らない貴族との婚姻《こんいん》を迫《せま》られる、ってところでしょうね」

「……」

「そんな顔をしないで下さい。大丈夫《だいじょうぶ》ですよ。きっと話せばお父様やお兄様も分かってくれるはずですから」

メイアは陰鬱《いんうつ》になりそうな空気を変えようとしたのか、明るい口調で言った。

「メイア。悪いが君のその考えは甘いと思う」

「……ええ、分かっています」

言いながら、メイアは立ち上がる。

「まあ、何とかなりますよ」

メイアが儚《はかな》く笑って、俺は理解した。

この子も俺と同じだ。他人の勝手な決定によって理不尽《りふじん》の波に晒されている。

さっきワイルドボアの肉を喰《く》っている時、メイアの顔が火に照らされて痣《あざ》ができているのが見えた。

恐らく家族の誰かに付けられた傷だろう。父親か兄かは分からないが、つまりメイアの今の家族にはそういう輩《やから》がいるということだ。

「あ、そうだ。これ」

「……？」

メイアが俺に麻袋《あさぶくろ》を渡してくる。

その麻袋はズシリと重く、中を覗《のぞ》くと大量のゴルアーナ金貨が入っていた。

「どういうつもりだ？」

「アデルさん、お金無いでしょう？　それだけあれば、他の地域に行くにも困らないかなって。それを使って上手《うま》く逃げてくださいね」

……………お人好《ひとよ》しにも程があるだろ。

昨日の林檎や黒い外套の件といい、ここまでされて黙って自分だけ逃げろと？

――冗談《じょうだん》じゃない。

それは悩むにも値しない愚問《ぐもん》だった。

俺は一人で洞窟の入り口へ向かおうとしたメイアに声をかけようと立ち上がる。

と、その時。メイアの足が止まった。

メイアの視線の先を見ると大柄の男が立っている。

「やはりこうなったか、メイア」

大柄の男が言いながら、笑う。体格に似合わず、陰湿《いんしつ》で粘《ねば》りつくような笑いだった。

――あの男は確か、メイアを初めて見かけた時に隣にいた……。ということは……。

「ラルゴお兄様、どうしてここに……」

「ククク、妹を見守るのは兄の役目だろう？」

やはり、あのラルゴという大柄な男がメイアの兄のようだ。

ラルゴは鋭《するど》い目つきでメイアを見据《みす》えており、その場の空気が一気に緊迫《きんぱく》したものへと変わる。

「オレは悲しいぞ、メイア。父上が命じた暗殺の指示を実行しないどころか、その対象と仲良くお喋《しゃべ》りしてるんだからな」

「どうして……。《気配遮断》のジョブスキルを使っていたのに尾《つ》けられているなんて……」

「ああ、それか？　お前は裏切るような気がしていたからな」

言って、ラルゴは右手を前に突き出す。

一見そこには何も握られていないようだったが、ラルゴが口の端《はし》を上げると、淡《あわ》く光る糸のようなものが現れる。その糸はラルゴの右手からメイアの左足首へと繋がっていた。

「これは……。ブラッドスパイダーが吐き出す《魔糸》……」

「そういうことだ。お前の《気配遮断》のジョブスキルは確かに厄介《やっかい》だからな。コイツを予《あらかじ》め仕込ませてもらった」

「くっ――」

メイアが懐《ふところ》から短剣を取り出し、足首に巻かれた糸を切断する。

「ハハハッ。今さら糸を切ったところで遅《おそ》いさ。お前とそこにいる男はここで死ぬんだからなぁ」

「……それは、お父様の指示なのですか？」

「いや。父上はお前に甘いからな。どうせお前が殺しをできないなら女として利用するとか言い出すだろうよ。しかし俺は違う。甘さを持った人間が暗殺者の一族にいるなど、反吐《へど》が出る」

ラルゴは下卑《げび》た笑みを浮かべる。

状況は把握《はあく》した。つまりラルゴは独断でここにやって来たわけだ。

メイアが俺を殺さないことを理由として、俺とメイアを殺すつもりなのだろう。

「さて、お喋りはここまでだ。覚悟《かくご》するんだな、メイア」

ラルゴが言って、メイアへとにじり寄る。メイアは短剣を構えるが、その体は微《かす》かに震《ふる》えていた。

――絶対に、させるか。

俺はワイルドボアの調理に使っていた可燃石に手を伸《の》ばして掴《つか》み取る。まだ熱が残っていて手に激痛が走るが、そんなことはどうでも良い。

すぐさま可燃石を折れたオリハルコンの剣で叩き割り、その破片《はへん》をラルゴとメイアの間へと投げつけた。

――ゴウッ！

「っ――」

可燃石の破片が地面に触れると、勢いよく炎《ほのお》が巻き起こる。

それが一瞬、ラルゴの視界を遮った。

「メイア、こっちだ！」

「アデルさん⁉」

俺はその隙《すき》にメイアの腕《うで》を掴んで洞窟の入り口へと走り出す。

――大丈夫だ。全力で走れば逃げ切れるはず。

可燃石が立ち上げた炎は、俺の期待通り敵の行く手を阻《はば》んでくれていた。

「おのれ……。小癪《こしやく》なマネを――」

――何だ……？

走る途中《とちゆう》で振り返ると、ラルゴが差し出した手が鈍《にぶ》く発光する。そして、その光は洞窟の入り口まで間際《まぎわ》に迫った俺たちの前方に放たれた。

――フシュルルルル。

そこには突如《とつじよ》として三つの頭を持った巨大《きよだい》な犬形の魔獣が出現する。

「こいつは、ケルベロスか。危険度Ａ級の魔獣が、何故……」

「……これがラルゴお兄様のジョブスキルです」

メイアが俺の服の端《はし》を掴みながら言葉を漏らす。

【魔を従える者《デモンズサモナー》】──。現代でラルゴお兄様だけが持つとされている、魔獣を召喚《しょうかん》するジョブです」

俺たちの行く手を阻むケルベロス。そこから放たれる圧は、先程俺が討伐《とうばつ》したワイルドボアとは比較《ひかく》にならないものだった。

「ククク、どうだ。召喚する魔獣は喚《よ》び出したオレの力に依存《いぞん》するのだ。お前らで果たして倒せるかな？　──ゆけ、ケルベロスよ！」

──グルゴァ！

ケルベロスがラルゴの命令を受けて、巨大な前足を振り払《はら》ってきた。

「くっ……！」

折れたオリハルコンの剣で防御《ぼうぎょ》するが、勢いを殺しきれずに後ろへと弾《はじ》き飛ばされる。

直撃すればひとたまりも無いと、そう思わせるだけの威力《いりょく》。

──これは、強敵だな……。

「アデルさん……！」

「大丈夫だ。直撃はしていない」

俺は駆け寄ってきたメイアに応じ、すぐに立ち上がる。

「ほう。ケルベロスの一撃を防ぐだけでも中々のものだ。ジョブスキルが使えないクズだとばかり思っていたが」

「……それはどうも」

後方から挑発《ちょうはつ》的な声を投げてくるラルゴに舌打ちし、再度ケルベロスに対峙《たいじ》する。

「アデルさん、私も戦います」

「……分かった」

隣で短剣を構えたメイアの申し出を受けるが、正直厳しいだろうという予感がしていた。

恐らくメイアのジョブスキルは対人に特化したものだ。

これだけ巨大な魔獣を相手にするとなると……。

——ガァアアアアアア‼

ケルベロスは俺の思考を遮るかのように接近し、再度攻撃を繰り出してきた。メイアと共に回避《かいひ》しつつ反撃するが、思うようなダメージを与えられない。

そんな攻防が二度、三度と繰り返され俺たちは追い詰められていく。

「粘るのは見事だが、そろそろ限界のようだな」

ラルゴの言う事は的を射ていた。消耗《しょうもう》する俺たちに対し、ケルベロスはまだ余裕がある。

このままでは……。

そんな考えがよぎり隣を見ると、メイアが突然ラルゴに向けて駆け出した。

「シッ——！」

メイアは短剣を振るい、ラルゴに攻撃を仕掛ける。

が――。

「愚か者め。術師のオレに向けて攻撃してくることを予測していないとでも思ったか。そもそも殺意の乗っていない剣でオレを倒そうなどと、笑わせる」

「……っ！」

短剣はラルゴの眼前で止まる。

メイアの四肢《しし》は先程よりも太い「糸」に絡《から》め取られていた。

傍らにはラルゴが新たに召喚したであろう、ブラッドスパイダーが鎮座《ちんざ》している。

ラルゴはメイアの持つものとよく似た短剣を取り出し、笑みを浮かべていた。

「メイアっ！」

俺は叫び駆け出そうとした。

――間に合え、と。

――絶対にさせるか、と。

しかし、それはケルベロスの攻撃によって遮られた。

「アデルさんっ！」

「くっ……」

地面を転がった俺をケルベロスが巨大な前足で踏《ふ》みつけてくる。抜《ぬ》け出そうともがくが叶わず、僅《わず》かに上体が動くばかりだった。

「貴様も愚かだな。メイアを救おうとして隙をつくるとは。ケルベロスに集中していればまだ戦えただろうに」
　俺を横目で見て、ラルゴはメイアに視線を戻す。
「お前を殺したら次はあの男だ」
「――っ！」
「さらばだメイア。父上には二人仲良く洞窟の魔獣の餌になったとでも伝えておくさ」
　――畜生。
　――畜生、畜生、畜生っ！
　俺は、こんな理不尽にやられるのか……？
　メイアを――、俺に手を差し伸べてくれた女の子を救うこともできず……？
　口の中で血の味がした。
　けれどそんなことはどうでも良かった。
　ケルベロスに踏みつけられた腹のあたりに激痛が走る。
　けれど、そんなことはどうでも良かった。
　――頼む。
　――俺にあの子を救うだけの力を……。
　誰にともなく、俺は願う。
　そしてラルゴを目に捉《とら》えた、その時だった――。

＝＝＝＝＝＝＝＝＝＝＝＝＝＝＝＝＝＝＝＝
対象：ラルゴ・ブライト
執行係数：３２５００２ポイント
対象の執行係数を参照し、《魔鎌《まれん》・イガリマ》を召喚しますか？
＝＝＝＝＝＝＝＝＝＝＝＝＝＝＝＝＝＝＝＝

——これは……。
突如現れた青白い文字列を見て、俺は思い当たる。
そうだ。王家を追放された後、盗賊団に襲《おそ》われた時に見た青白い文字だ。
俺は無我夢中で青白い文字列の内容を承諾《しょうだく》し、「それ」を喚び出した——。
右手にかつて無い力が収束するのを感じ、俺はその力の使い方を完全に理解する。
——命じろ、と。
誰かの声を聞いた気がした。
俺はその声に従い、俺の体を押さえつけたケルベロスめがけ「それ」を振るう。
「《斬《さ》り裂け、イガリマ》——」
——ギシュッ。
瞬速の一閃《いっせん》が走り、ケルベロスが両断された。
「な、何だ貴様。オレのケルベロスを両断しただと？　そんな大鎌《おおがま》をどこから……」

「あ、アデルさん……？」

俺は立ち上がり、右手に握られた物体に目をやる。

そこには、禍々《まがまが》しいまでの力を纏った漆黒の大鎌があった。

「そ、そんなバカな……。オレが召喚したのは危険度A級の魔獣、ケルベロスだぞ⁉　それを一撃で……」

ラルゴが俺の方を見て目を見開いていた。

俺は自分の右手に現れた漆黒の大鎌――魔鎌《まれん》イガリマを改めて握り、その存在を確かめる。大鎌は羽根のように軽く、それでいて確かな存在感を放っていた。

――これなら、戦える。

俺はそのままラルゴに向けて疾駆《しっく》し、イガリマで大振りの攻撃を見舞《みま》う。

「くっ、この……！」

ラルゴがイガリマを脅威《きょうい》と感じ取ったのか距離《きょり》を取り、攻撃の範囲外《はんいがい》へと逃れた。

――よし、これで……。

俺はまずメイアを束縛《そくばく》しているブラッドスパイダーに対し、ケルベロスの時と同じようにイガリマを振るう。

やはり、一撃だった。

「アデルさん……」

「待ってろメイア。すぐにその糸を斬ってやる」

俺は短く告げて、メイアを縛《しば》っている魔糸を斬ろうと試みる。

イガリマから力が流れ込んでくるような気がして、不思議とどうすれば良いかが分かった。

「《断ち切れ、イガリマ》――」

――ギシュッ。

鈍い音を立てて、メイアを縛り付けた魔糸が切断される。

「無事か？」

「は、はい……、ありがとうございます。でもアデルさん、その鎌は……？」

「どうやら俺がジョブスキルで喚び出した、らしい」

「らしいって……」

「俺もまともに使うのは今回が初めてでな」

俺は戸惑《とまど》っているメイアに軽く笑みで応じ、距離を取ったラルゴと相対する。

そして、改めて表示された青白い文字列を目でなぞった。

＝＝＝＝＝＝＝＝＝＝＝＝＝＝＝＝＝＝＝＝＝＝＝
対象：ラルゴ・ブライト
執行係数：３２５００２ポイント
＝＝＝＝＝＝＝＝＝＝＝＝＝＝＝＝＝＝＝＝＝＝＝

「貴様……。一体何なのだ。危険度A級の魔獣をいともたやすく屠《ほふ》る大鎌など、そんなジョブスキルは聞いたことが……」

「どうやら、お前みたいなのと戦うためにある能力らしい」

「何だと……？」

今であれば分かる。青白い文字列に表示された《執行係数》というのは、相手の重ねてきた悪行を数値化したものなのだと。

そして俺のジョブ【執行人】は、目の前にいるラルゴのように、他人を理不尽で踏みつけるような輩を執行するためのジョブなのだと。

今にして思えば、俺の執行人のジョブスキルを確かめるために行われた模擬戦。あの時にイガリマが発現しなかったのは、相手が一般《いっぱん》の王国兵だったからなのだろう。

「クッ……。【魔を従える者《デモンズサモナー》】はかつて魔族のみが扱《あつか》えるとされていた唯一無二《ゆいいつむに》のジョブだぞ！

貴様のそれはオレに勝てるとでも言うのか!?」

「ああ、勝てる」

「なっ……」

俺が即答《そくとう》したのが意外だったのか、ラルゴは後退《あとずさ》る。

イガリマから伝わってくる力は、盗賊団のオリハルコンの剣を斬り刻んだ時よりも遥《はる》かに強いものだ。

恐らくこの漆黒の大鎌は、参照している執行係数が高くなるほどに威力を発揮するのだろう。

今なら、どんなものでも斬れる気がした。

「認めん……。認めんぞ！　このオレが、貴様なんぞに後《おく》れを取るはずがないっ！」

ラルゴが叫声《きょうせい》を上げながら手を掲《かか》げると、周りが鈍く発光した。

そして、地面から湧《わ》き上がるようにして岩の塊が姿を現す。

——ゴゴゴゴゴゴゴ。

せり上がってきた岩の塊はゴーレムだった。

「ク、クク。どうだ！　コイツは斬撃《ざんげき》性の攻撃に圧倒《あっとう》的な耐性《たいせい》を持つ《ミスリルゴーレム》だ！

オリハルコンの次に硬い鉱物で組成された魔獣なら、貴様のその大鎌でも斬れるはずがない！　二人まとめて肉塊《にくかい》に変えてくれる！」

「……」

「アデルさん……」

「大丈夫だメイア、そこで見ていてくれ。君は絶対に俺が守る」

「え……？　は、はいっ」

俺はメイアの前に立ちはだかるようにして、ラルゴの召喚した魔獣ミスリルゴーレムに狙いを定める。

イガリマを背負い、一つ息を吐いた。

「ゆけ、ゴーレムよ！　その男を叩き潰《つぶ》せ！」

——ドシャ。

俺がイガリマを横薙《よこな》ぎに払うと、ミスリルゴーレムは両断されて地面に崩《くず》れ落ちる。

一瞬の決着だった。

「なっ……。は……？　え……？」

ラルゴは信じられないものを見るように、俺と斬り伏《ふ》せられたゴーレムとを交互《こうご》に見やっている。

「ミスリルゴーレムを、斬った、だと……」

「これでもまだ信じられないか？」

「そんな……。貴様、新たなジョブスキルを覚醒《かくせい》させたとでも言うのか……？」

「それは違う。元々俺はこのジョブスキルを持っていたんだ。使い方が分からなかったがな」

「何、だと……」

正確には使える対象を知らなかったというべきか。

どうやらジョブを与えてくれる神様は意地悪な存在らしい。授けた時に教えてくれれば、こんな苦労はしなくて済んだんだがな。

「さて、執行の時間だ」

「くっ……」

俺は呟き、ラルゴの元へと近づく。

ラルゴは臆《おく》したのか、それとも得体の知れないジョブスキルに戦慄《せんりつ》しているのか、足を震わせていた。

「《刈《か》り取れ、イガリマ》――」

俺は漆黒の大鎌に命じ、ラルゴに向けて振り下ろす。

――ギシュッ。

金属をすり潰したような音が響く。ラルゴは無傷だった。

しかし、これで終わりだ。

「何だ……。何をした？」

「さあな」

俺はそれだけ答え、イガリマを肩《かた》に背負う。

「ナメるなよ……ッ！　魔獣よ、現れろ！」

ラルゴは俺が構えを解いたことを油断と捉えたのか、大声で叫ぶ。

が、何も起こらない。

「な、何故だ……⁉　くそっ！　現れろ！　現れろォ！」

繰り返されるラルゴの叫び。それでもやはり、魔獣は姿を現さなかった。

「お前のジョブ【魔を従える者《デモンズサモナー》】を刈り取らせてもらった。もう二度と、お前がジョブの力を使うことはできない」

「何……だと……。そんなこと、信じられるはずが……」

「なら試してみるか？」

「は……？」

俺はイガリマを地面に突き刺《さ》し、そして念じる。

＝＝＝＝＝＝＝＝＝＝＝＝＝＝＝＝＝＝＝＝＝＝＝＝＝
累計執行係数：９４８３ポイント
執行係数５０００ポイントを消費し、《魔獣召喚》を実行しますか？
＝＝＝＝＝＝＝＝＝＝＝＝＝＝＝＝＝＝＝＝＝＝＝＝＝

承諾――。

「魔獣召喚、ブラッドスパイダー」

俺が唱えると、突如目の前に大蜘蛛《おおぐも》が現れる。

「バカな⁉　なぜ貴様が魔獣を――」

「だから言っただろ。ジョブを刈り取ったと」

「…………そ、そんな」

ラルゴは地面に膝《ひざ》をつく。

俺が奪《うば》ったジョブの能力を見せたことでラルゴは今度こそ戦意を喪失《そうしつ》したようだった。

俺は大蜘蛛に命じ、魔糸でラルゴの体を束縛させる。

「おいっ！　何をする気だ！」

「じゃあな。運が良ければ通りがかりの冒険者あたりに助けてもらえるだろう」

俺はラルゴに背を向けてメイアの元へと戻る。

魔糸に束縛された状態で魔獣の出現する洞窟に居続けたらどうなるかは想像がつくが、それは口に出さないでおいた。

「待てっ！　わ、悪かった！　今までのことは謝《あやま》る！」

「……」

「頼む！　ジョブの力も無しにこんなところにいたらどうなるか……」

「……」

「おい！　ふざけるな！　たかが使えない裏切り者を殺そうとしただけだぞ！　この糸を解け！　解けぇ！」

俺はわめき続けるラルゴに向けて一言だけ告げることにする。

こういう輩にかける言葉は、これしかないと思った。

「執行完了《ざまあみやがれ》――」

＝＝＝＝＝＝＝＝＝＝＝＝＝＝＝＝＝＝＝＝＝＝
ラルゴ・ブライトの執行完了を確認しました。
執行係数325、002ポイントを加算します。
累計執行係数：329、485ポイント
※新たに【魔を従える者《デモンズサモナー》】のジョブを刈り取りました。
＝＝＝＝＝＝＝＝＝＝＝＝＝＝＝＝＝＝＝＝＝＝

＊＊＊

「そうか……。ラルゴがやられたか」

ブライト家の屋敷《やしき》にて。

メイアの父――ヴァン・ブライトは静かに呟いた。

「所詮《しょせん》、奴は我ら一族の長となるだけの器《うつわ》がなかったということか……。恐らく、メイアももう戻ってはこまい」

「良いのかい？　君の子供たちなんだろう？」

ヴァンの言葉にそう返したのは、黒い瘴気《しょうき》を纏った少年だった。

その少年は慇懃《いんぎん》無礼《ぶれい》な態度でヴァンに語りかけるが、ヴァンはそれを特に気にする様子もなく答える。

「我は私怨《しえん》では動かぬ。それより、そのアデル・ヴァンダールとかいう男。お主の事前の報告と随分異なっているようだが？」

「ああ、うん。彼《かれ》の力については完全に僕《ぼく》が見誤ったね。君の娘《むすめ》の初任務として丁度良いって勧《すす》めたのも謝るよ。ほら、この通りだ」

恭《うやうや》しく礼をした少年を冷ややかに見て、ヴァンは嘆息する。

この少年にはこういう掴みどころの無い印象がある。

そもそもアデル・ヴァンダールの力を知らなかったというのも怪《あや》しいものだ。まるで自分たちを駒にして試していたのではないかと、そう考えられなくもない。それどころか、どこか楽しんでいるような……。

そこまで考えてヴァンは少年に声をかける。

「もうよい。割に合う仕事でなくなった以上、そのアデル・ヴァンダールに関わる必要もあるまい。……我にとって真に重要なのは、お主の『計画』についてだ。《人類総支配化計画》という名の、な……」

「ああ。そっちは今のところ抜かりなく進んでいるから大丈夫さ。もっとも、動いているのは僕じゃなく国王様だけどね」

「そうか。なら、任せるとしよう。シャルル・ヴァンダール国王陛下にな」

ヴァンがそこまで言うと少年は満足げに笑い、その場を後にしようとする。

「それじゃ、僕は行くよ。また何かあったら君に依頼するから」

「ああ。ではまた、な。マルクよ――」

＊＊＊

「お待たせしました、アデルさん」

「もう良いのか?」

「はい。ちゃんと報告、できましたから」

雪で彩《いろど》られた丘《おか》の上——。

襲ってきたラルゴを退《しりぞ》けた翌日、俺たちはメイアの母親の墓があるという墓所を訪れていた。

「さて、と。これからどうするか……」

昨日、ラルゴに襲われた一件もあって俺たちは警戒《けいかい》していたが、新しい追っ手が来るようなことは無かった。

メイアの父親の動向も気にはなったが、今のところ俺たちに干渉《かんしょう》してくるような様子は無い。

もちろんまだ油断はできないが、今は俺も執行人のジョブスキルの使い方を理解している。危害を加えようと近づいてくる輩であれば撃退できるはずだ。

「アデルさん」

「ん？」

「アデルさんはどうして、あんなにも私のことを助けようとしてくれたんですか？」

「……」

昨日のラルゴとの戦闘中のことだろう。

それを言うならメイアこそどうしてと思うが、きっとメイアは「私がそうしたいと思ったから」などとお人好しなことを言うに違いない。

「林檎、貰ったからな」

「え……？」

俺の答えを聞いて、メイアが意外そうに呟く。

「林檎って……。それだけですか？」

「林檎一つでもな、俺にとっちゃ王宮で喰ってきたどんなご馳走よりも旨く感じたんだよ。それに、あんな最悪な状況で手を差し伸べてくれる人がいることは本当に嬉しかった。だから、それが理由だ」

そこまで言うと、メイアは吹《ふ》き出すように笑い、銀髪を揺らす。

「アデルさんって、お人好しですね」

……それはメイアにだけは言われたくない。

「別にいいだろ」

「そうですね。別にいいです」

メイアはそう言うと、青く澄《す》んだ空を見上げた。

そして真っ直ぐな瞳を俺に向ける。

「よし、決めました！　私、アデルさんとご一緒したいです！」

「……良いのか？　俺には行く当てなんて無いぞ」

「それは私も同じです。もちろん、アデルさんさえよろしければ、ですが」

メイアは頬を赤く染めて、俺を覗いてくる。

——断る理由は無い、な……。

「じゃあ、これからよろしく。メイア」

「あ……。はいっ！」

メイアが差し出した俺の手を取る。

その顔はとても嬉しそうで、少し照れくさくなった。

「それから、もう一つ」

メイアが俺の手を握ったままで顔を伏せた。

「私を救っていただいて、本当にありがとうございました。私は一生かけてでもこのご恩をお返しするため、あなたに仕えます。だから――」

「……」

「だから、こちらこそよろしくお願いします。アデル様――」

その言葉を聞いて、俺は少しだけ昔のことに思いを馳《は》せる。

王家を追放されてから色々あった。その日を生きることさえ精一杯《せいいっぱい》で……。

けれど、結果として俺は一人の女の子を救うことができた。

顔を上げたメイアが涙を浮かべながら笑うのを見て、それで良かったのだと、そう思えた。

――そうだな。十分すぎる。

「さて。それじゃあこれからどうしましょうか、アデル様」

メイアが切り替《か》えたように明るい口調で言った。

「幸い、お金ならここにたくさんありますしね」

「抜け目ないな」

メイアが持っているのは洞窟で俺に渡してきた麻袋だ。

元は俺が逃げるためといって用意された金だったが、メイアに返そうとしたところ「じゃあ二人のお金にしましょう」と言われた。

「アデル様は何かやりたいことありますか？」

「そうだな、やりたいことか……」

メイアに問いかけられ、考え込む。

そうして浮かんできたのは、王家を追放された後の日々で感じたことだった。

俺は理不尽が嫌《きら》いだ――。

俺もメイアも、他人が振りまく理不尽に苦しめられた。

だから、同じようなことで苦しむ人がいるなら力になりたいと思うし、理不尽を振りまく輩がいるならぶっ飛ばしてやりたいとも思う。

そんな漠然《ばくぜん》としたことを伝えると、メイアは笑って頷いてくれた。

「とても素敵《すてき》なお考えだと思います。苦しんでいる人が頼《たよ》る《復讐代行屋》なんて良いかもしれませんね。アデル様のジョブにもぴったりな気がしますし」

「とは言っても、表立ってやるのはマズいよな。……そうだな。表向きは酒場でもやるか。その方が情報収集なんかもしやすくなるだろうし」

「あ、良いですね！　私、酒場にお花とかたくさん置きたいです！」

いや、それはどうかと思うが……。

目を輝《かがや》かせているメイアを見て俺は苦笑《くしょう》する。

これがメイアの素の姿なんだろう。だとしたら、悪い気はしなかった。

「そうとなれば、お店の名前も決めなきゃいけませんね」

「それはまだ気が早いと思うが……。でも、名前か。そうだな……」

俺の言葉を待つメイアの銀髪が風に揺れる。雪景色と相まって、やはり綺麗だなとそう思った。

そして俺は思いついた名前を口に出す。

《銀の林檎亭》というのはどうか、と——。

7章　終章の幕開け

「変な魔獣《まじゅう》が出現している？」

「はいッス。アデルさん」

　ある日。

　情報屋のフランが酒場——《銀《ぎん》の林檎亭《りんごてい》》を訪《おとず》れていた。

　フランが持ち込《こ》んだ情報は、王都の外れの草原で妙《みょう》な魔獣が発生しているというものだった。

　俺《おれ》はフランに詳《くわ》しく話すよう促《うなが》す。

「冒険者協会《ぼうけんしゃ》とかで今ちょっとした話題になってるんッスよね。何でも、ジャイアントオークやドレッドワイバーン、ワイルドボアなんかの魔獣の《変異種》が見かけられたって話ッス」

「変異種、ってのは具体的にどんな感じなんだ？」

「全体的に黒いんッス」

「……黒い？」

「はいッス。しかもなんだか普段《ふだん》の魔獣より強くなってるんだとか」

　フランはメイアが用意した紅茶に口を付けて一つ息をつく。

「ところで、フランは何でその話を俺たちに？」

「……前に、王宮に近づけないって話したの覚えてるッスか？」

「ああ。確か結界が張られてて、王家に認められた人間じゃないと王宮に入ることができなくなってるって言ってたな」

「はいッス。そこで、中が駄目《だめ》なら外だと思って、フランは王宮に運ばれて来る色んな荷を調べてたんッス」

「王宮に運ばれる荷か……。まさかその中に魔獣の変異種が……？」

俺の言葉にフランは黙《だま》って頷《うなず》く。

「何かに使われているのか、単に調べようとしているだけなのか。それは残念ながら分かんないッス。でも、王家に関《かか》わることだから、取り急ぎアデルさんには報告しておこうと思ったッス」

「なるほど、サンキュな」

「いえいえ。アデルさんのためならお安い御用《ごよう》ッスよ」

言って、フランはふにゃりと笑う。

「さて、それじゃフランは行くッス。王家のこと、また何か分かったら報告するッス」

「ああ」

そうしてフランが出ていった後、俺はメイアやテティと今の情報について話し合う。

「しかし、変異種か……。今まで聞いたことが無い話だな」

「王家が関わってるなら、気になるね」

「どうしましょうか、アデル様」

「そうだな……」

フランから聞いた草原はここ《銀の林檎亭》からさほど遠くない場所だ。

「よし、俺たちの方でも変異種の魔獣を見て調べてみよう」

「はい」

「うん」

俺たちは三人で頷き合い、フランの教えてくれた草原へと向かうことにした。


「アデル様、さすがですね。これだけの魔獣をあの時間で倒《たお》すなんて」

「わたし、アデルの半分も倒してない……」

メイアとテティが言って、俺は積み上げられた魔獣の山を見上げた。

魔獣相手だと《風精霊の加護《シルフィード》》を使ってまとめて倒すのが楽である。

フランから聞いた草原に来た俺たちは、すぐに変異種の魔獣を発見した。フランの報告通り、戦ってみると通常の魔獣よりも明らかに強いことが分かる。

そしてもう一つ――。

変異種の魔獣は体の周りに黒い靄《もや》のようなものを纏《まと》っていた。

――なるほど、「黒い」というのはこういうことか。しかしこれは……。

俺は思考して、考えを巡《めぐ》らせる。

すると、テティがちょんちょんと服の端《はし》を摘《つま》んできた。

「そういえばこの前、昔のことを話してくれたけど。アデルが仕事の時に着てるその黒い服は、メイアがあげたものなんだよね？」

「ああ、そうだな」

「ふうん。今もそれを着て仕事してるなんて、ラブラブなんだね、アデルとメイアは」

「「え……」」

その言葉に俺とメイアは固まる。

テティが今まで使ったこともない言葉だったからだ。

「そ、そう見えます？　テティちゃん」

「うん。見える」

何故《なぜ》かメイアは両手で顔を覆《おお》っていて、そして何故かテティは少し機嫌《きげん》が悪かった。

「なあテティ。さっきの言葉、どこで覚えたんだ？」

「……？　ラブラブって言葉のこと？」

「そうだ」

「フランから教えてもらった」

フランめ……。テティに余計な情報まで教えてるようだな。今度《銀の林檎亭》に来たら文句の一つでも言ってやろう。放置するとテティの教育上あまり良くないことまで教えそうだ。

「それにしても……」

俺は山になった魔獣の残骸《ざんがい》に再び目をやる。

変異種の魔獣が纏っているあの黒い靄。

あれは、以前マルク・リシャールが纏っていた黒い瘴気《しょうき》と似たものだ。

——そういえば昔、文献《ぶんけん》で読んだことがあるな。

見た目は人間とそう変わらないにも拘《かかわ》らず、強大な力を振《ふ》るう種族——「魔族」という存在がいたと。

ジョブを授《さず》かるのも人間と同じだが、魔族が持つジョブはそのどれもが無双《むそう》の強さを誇《ほこ》ったとか。

文献によれば、人間と明確に異なっていた点として、黒い瘴気を纏っていたことが挙げられるらしい。

——ということは、マルクは魔族なのか？

しかし、魔族は千年前の大戦で「失われた古代魔法《ロストスペル》」を駆使《くし》した人類に敗れ、絶滅《ぜつめつ》したと言われているはず。仮にマルクが魔族の生き残りだとしても、何故王家に……。

思考を巡らせるが確証は得られず、そこに不穏《ふおん》な影《かげ》を感じずにはいられなかった。

＊＊＊

「ご無沙汰《ぶさた》しております、シャルル王」

ヴァンダール王家、王の間にて。

シャルルは玉座に腰掛《こしか》け、訪れた男の顔を見下ろしていた。

「息災であったか、ヴァンよ」

「ええ。二年前に子を二人失いましたが」

「確か、ラルゴとメイアという名であったか。不幸であったな」

感情の乗っていないシャルルの言葉にヴァンが頷く。もっとも、失った子供の内の一人はまだ生きているが……。

しかし、暗殺者一族の長《おさ》であるヴァンにとって、それは些末《さまつ》なことに過ぎない。今は自分が国王に呼び出された理由を尋《たず》ねることが先決だった。

「して、シャルル王。ご用件というのは？　暗殺の依頼《いらい》ということでしょうか？」

「その通りだ。実はそなたに《黒衣の執行人《しっこうにん》》を暗殺してもらいたい。報酬《ほうしゅう》は弾《はず》むぞ」

「黒衣の執行人、ですか……」

提示された用件を聞いて、ヴァンは怪訝《けげん》な顔をシャルルに向ける。

「しかしシャルル王。なぜ黒衣の執行人を……？」

「近頃《ちかごろ》、奴《やつ》が暴れているために計画に遅《おく》れが出ていてな」

「黒衣の執行人にやられた者たちが計画に関わっていた、ということですか」

「うむ。そこでそなたには、奴を暗殺してほしいのだ。計画に支障と言っても微々《びび》たるものなのだが、蝿《はえ》に動き回られても五月蝿《うるさ》いと思ってな」

シャルルの言った言葉には嘘《うそ》が二つあった。

一つは、黒衣の執行人――アデルの動きによる計画の支障が微々たるものであるという点だ。

シャルルが掲《かか》げている《人類総支配化計画》にとって重要な要素。資金、人材、物資、等々。

その全《すべ》ての要素において供給元を一つ一つ潰《つぶ》されている状況《じょうきょう》なのだ。もっともそれは、アデルにとって図《はか》らずも、だったが。

おかげでシャルルは協力関係にあるマルク・リシャールに借りを作ることになってしまったのである。

マルクが「代わり」を用意してくれたおかげで計画は既定《きてい》路線に戻《もど》すことができた。が、プライドの高いシャルルにとってみれば、他の者に頼《たよ》り頭を下げるなど、あってはならないことだった。

そして二つ目は、この暗殺依頼の理由の大部分が私怨《しえん》であるという点だ。

アデルの行動はシャルルが進めようとしている《人類総支配化計画》に打撃《だげき》を与《あた》えていた。

シャルルにとってはそれが最大の屈辱《くつじょく》だ。

二年前。自分が無能だと断言し、あまつさえ追放までした人物が今になって最大の障害となっているなど、どうして受け入れられようか。

これでは……、これでは自分の目が節穴であったということになるではないか、と。

そう――。

アデルを暗殺せよという依頼は計画の遂行《すいこう》のためなどではない。シャルルが自尊心を守るための行為《こうい》に過ぎなかった。

――なるほど、と。ヴァンは独りごちる。

固執《こしつ》している割には気丈《きじょう》に振る舞《ま》おうとしているシャルルの矛盾《むじゅん》した態度。そして二年前の出来事。

様々な情報からも予想していた通り、黒衣の執行人とはシャルルの息子《むすこ》であるアデル・ヴァンダールなのだろう。

「何、簡単なことだ。黒衣の執行人を軽く消し去ってくれれば良い」

シャルルの言った言葉はまたも嘘だった。

黒衣の執行人がどれだけの強さを持つ者なのかは、マルクの報告によってシャルルも薄々《うすうす》気付いている。それでも簡単なことと表現したのは、シャルルの見栄《みえ》に外ならない。

「申し訳ございませんが、この依頼はお引き受けできかねます。シャルル王」

「……何故だ。そなたであれば簡単なことであろう、ヴァン」

「いいえ。黒衣の執行人の強さは本物です。恐《おそ》らく、私が知っている人物の中でも傑出《けつしゅつ》していると思います。そのことにはシャルル王、あなたも気付いておられるのでは？」

「……」

ヴァンの放ったその言葉はシャルルにとって許しがたいものだった。「ヴァンが知っている人物」の中にはシャルル自身も含《ふく》まれていたからだ。

シャルルが玉座の肘掛《ひじか》けをきつく握《にぎ》る。

「我は割に合わない仕事は致《いた》しません。それではシャルル王、失礼致します」

ヴァンがそう言って踵《きびす》を返そうとしたその時。シャルルは突然《とつぜん》玉座から立ち上がり、ヴァンの元へと疾駆《しっく》した。

——ギィン！

ヴァンが剣《けん》を抜《ぬ》いたシャルルの攻撃《こうげき》に間一髪《かんいっぱつ》で対応する。

「くっ……！　シャルル王、一体何を……⁉」

「黙れ。この暗殺、依頼は受けてもらうぞ、ヴァン」

「な、何を……」

鍔迫《つばぜ》り合いのような格好になるが、シャルルの持つジョブ【白銀の剣聖】の力は伊達《だて》ではなかった。

ヴァンの握っていた短剣を軽々と弾《はじ》き、体勢を崩《くず》させ馬乗りの格好になる。

そして、シャルルは液体の入った瓶《びん》を取り出すと、それをヴァンの口に流し込もうとした。

「さあ、とくと味わえ」

「そ、それは……。《ソーマの雫《しずく》》……！　ぐ、がぁ……！」

人の精神を支配する液体。

シャルルがそれを飲ませると、ヴァンの瞳《ひとみ》が紅く染まっていく。

「グ、ガガガァ――！　ア、アア……」

「さあ、ヴァンよ。黒衣の執行人を暗殺してこい」

「……」

今度は反論せず、ヴァンは首肯《しゅこう》する。

その従順な態度を見て、シャルルはほくそ笑《え》んだ。

「あれぇ？　黒衣の執行人に手を出すのはやめた方がいいって言わなかったっけ？」

そんな少年のような言葉とともに、マルク・リシャールが姿を現した。シャルルはマルクの姿を認めると、面白《おもしろ》く無さそうに鼻を鳴らす。

「別に余が手を下す訳では無い。駒《こま》を使うだけだ。それに今、我は王宮を離《はな》れるわけにはいかぬからな。マルク、貴様もだ」

「うん、分かってるよ」

「もしアデル……、黒衣の執行人を討《う》ち取ることができたのならばそれで良し。もしできなくても――」

「できなくても？」

「計画を成就《じょうじゅ》させれば余らの勝ちだ」

そう言って、シャルルは勝ち誇った笑みを浮《う》かべる。

ヴァンという傀儡《かいらい》を手に入れたことで、シャルルは自尊心をいくばくか取り戻したようだった。

「そうだ、何を恐れているのだ。余は王なり。そして、新世界の支配者として君臨する者なのだ！」

「……」

「さあヴァンよ！　手始めに黒衣の執行人を殺してこい！」

マルクが微笑を浮かべる視線の先で、シャルルが高らかに叫《さけ》ぶ。

「計画の成就は目前だ。さあ、終章の幕開けといこうではないか……！」

シャルルが両手を広げて言い放った傍《かたわ》ら――、

「その通り。さあ、踊《おど》れ愚王《ぐおう》よ。僕《ぼく》の悲願を叶《かな》えるために――」

マルクが小さく呟《つぶや》いたその言葉が、シャルルに届くことはなかった。

＊＊＊

「アデル――」

夜――。

《銀の林檎亭》へと近づいてくる存在を最初に察知したのはテティだった。

テティは頭から生えた獣耳《けものみみ》をピクピクと動かし、匂《にお》いを確かめるように鼻を鳴らしている。

「何だか、血の臭《にお》い。それも深く染《し》み付いたような……」

テティの言葉の後、俺とメイアもその気配を察知した。

俺たちは頷き合うと、閉店時間の過ぎた酒場の扉《とびら》を開けて表の通りへと出る。空に月は無く、辺りは静寂《せいじゃく》に包まれていた。

――何かが、近付いてくる？

俺は通りの向こうに人影を認め、その姿を凝視《ぎょうし》する。

それは、黒衣に身を包んだ男だった。

――メイアが俺にくれた黒衣と同じだ。ということは……。

「お父様……」

メイアが声を漏《も》らす。

やはりそういうことらしい。

「どうして今になって俺たちを……、というのは気にしてる場合じゃ無さそうだな」

俺はすぐにその人物を目で捉《とら》え、青白い文字列を表示させる。

＝＝＝＝＝＝＝＝＝＝＝＝＝＝＝＝＝＝＝＝
対象：ヴァン・ブライト
執行係数：５１０６６６ポイント
＝＝＝＝＝＝＝＝＝＝＝＝＝＝＝＝＝＝＝＝

二年前に俺たちを襲《おそ》ったメイアの兄――ラルゴよりも高い数値。

それはヴァン・ブライトがこれまでに積み重ねてきた暗殺者としての執行係数なのだろう。

俺は警戒《けいかい》しつつイガリマを召喚《しょうかん》する。

「メイア。確かお前の父親のジョブは――」

「はい。【影を統べる者《シャドウマスター》】――。影を操《あやつ》るジョブスキルの持ち主です。アデル様、お気をつけて。夜とはいえ、街の灯《あか》りがあります」

メイアの言う通り、点在する街灯に照らされた建物が、いくつもの影を落としていた。

メイアの父親――ヴァンのジョブスキルに関しては以前聞いたことがある。いつ襲われても良いようにという理由からだったが、それが役立つことになるとは。

「あの人、何か様子がおかしい……？」

テティの言葉に目を凝《こ》らしてみると、確かにヴァンからは異質な雰囲気《ふんいき》が感じられた。

目は紅く染まり、テティが奴隷錠《どれいじょう》で操られていた時と同じだと思い当たる。

「コ、ロス。コロス」

「……」

ヴァンは何かに取り憑《つ》かれたようにそれだけを繰《く》り返していた。

「なあ、メイア。一応聞いておくが、お前の父親はいつもあんな感じなのか？」

「い、いえ……」

「だよな」

以前メイアから聞いた父親の印象は「暗殺という稼業《かぎょう》に関しては徹底《てってい》的に冷酷《れいこく》非道。罪は重ねてきたものの、メイアの兄ラルゴとは異なり、合理的かつ理知的な判断をする人物でもある」というものだった。

——となると、やはり何かに操られているということか……。

俺はゆっくりと歩み寄ってくるヴァンを目で捉え、手にしたイガリマを握りしめる。

しかし……。

——ストン。

ヴァンが建物の影に足を踏《ふ》み入れたかと思うと、飲み込まれるようにして消え去った。

「アデル様、《影渡《わた》り》が来ます！」

メイアから聞いていた情報によれば、ヴァンのジョブスキルは影に潜《もぐ》り、移動できるというものだ。今の俺たちがいる場所には街灯に照らされてできた影が多数存在しており、ヴァンにとっては自身の能力を活かしやすい場と言えるだろう。

俺は目を閉じ、感覚を研ぎ澄《す》ませる。

「そこだっ――――！」

「ッ――！」

テティの背後に落ちた影。そこから現れたヴァンめがけ、俺はイガリマを振るう。

が、ヴァンは危《あや》うしと見たのか、再び影の中に潜って姿を消した。

「あ、ありがとう。アデル」

「ああ。テティ、奴が影に潜ったら目に頼るな。テティなら匂いでおおよその場所を掴《つか》めるはずだ」

「あ……。うん、足手まといにはならない」

テティはそう言って自身のジョブ能力を発動させた。

――次はどこから来る？

「メイアっ！　後ろから！」

今度はテティが指示し、メイアが振り向きざまに短剣を払《はら》おうとする。

しかし、それよりも一瞬《いっしゅん》速く、ヴァンが口元から何かを噴《ふ》き出した。

「くっ……！」

メイアはそれを回避《かいひ》しつつ、短剣を投げつけて反撃するが、ヴァンはすぐさま影へと潜り消えていく。

「メイア、無事か？」

「ええ。当たってはいません。しかしこれは……」

地面に突《つ》き刺《さ》さっていたのは細い銀の針だった。

「何かが塗《ぬ》られているな。毒針か……？」

相手の攻撃もこちらに当たっていないが、厄介《やっかい》だ。さすが暗殺者を生業《なりわい》にしているといったところか。

このままでは消耗戦《しょうもうせん》になる恐れもある。何か奴の動きを封《ふう》じる術《すべ》があればいいのだが……。

と、そこで俺は思い当たる。

――影に潜る能力。

それなら……。

「アデル様？」

「メイア、テティ。耳を貸してくれ」

俺はヴァンの気配を警戒しながら、二人に耳打ちする。

「分かりました。アデル様にお任せします。その間にお父様が現れたら私たちで対処を」

三人で頷き合い、メイアとテティは俺の背後を固める。もしそこからヴァンが姿を現したら迎撃《げいげき》する構えだ。

俺はその間に素早《すばや》く青白い文字列を表示させた。

＝＝＝＝＝＝＝＝＝＝＝＝＝＝＝＝＝＝＝＝＝＝＝＝
累計《るいけい》執行係数：136149ポイント
執行係数10000ポイントを消費し、《土精霊の加護《クレイノーム》》を実行しますか？
＝＝＝＝＝＝＝＝＝＝＝＝＝＝＝＝＝＝＝＝＝＝＝＝

承諾《しょうだく》――。

俺は念じて地面に手をかざした。

すると、通りの地面から土の壁《かべ》が迫《せ》り上がり、俺たちのいる場所を覆い尽《つ》くしていく。それは壁というよりも隙間《すきま》の無い球体状の檻《おり》であり、中にいるのはヴァンを含んだ俺たち四人だけだ。

【精霊騎士《せいれいきし》】のジョブスキルの内、土精霊を操る能力。本来であれば敵の攻撃を防ぐ防護壁《ぼうごへき》を作るために使用するジョブスキルだが、今の目的は違《ちが》う。

「ッ――!?」

高くそびえた土の檻が街灯や建物から漏れていた光を遮断《しゃだん》し、それにより発生していた周囲の影が消滅《しょうめつ》した。

光の無い空間であれば影も存在しない原理。これでヴァンは影に潜ることができないはずだ。

「テティ、位置を！」

「うん！　前方近く、十時の方向！」

光が無ければこちらも敵の姿は見えないが、ヴァンの位置を匂いで追えるテティであれば話は別だ。

俺は事前に決めていたテティの合図を受け、その場所に掌底《しょうてい》を打ち込む。

「カ、ハッ……」

手応《てごた》えがあった。

俺はヴァンがよろめく気配を察し、続けてイガリマに命じる。

「《刈《か》り取れ、イガリマ》――」

――ギシュッ。

その一撃はヴァンを確かに捉え、対象のジョブを刈り取ることに成功した。

「やった……！」

「アデル様っ！」

何とかなったようだ。

俺は発生させていた土の障壁を解除し、倒れ込んでいたヴァンを見下ろす。

――しかし、この様子。やはり何かに操られていたようだ。

目を覚まして話せる状態であれば聞いてみる必要があるなと、俺はイガリマを背負い直した。

＝＝＝＝＝＝＝＝＝＝＝＝＝＝＝＝＝＝＝＝＝＝＝＝＝＝＝＝＝＝
ヴァン・ブライトの執行完了を確認《かくにん》しました。
執行係数５１０６６６ポイントを加算します。
累計執行係数：６３６８１５ポイント
※新たに【影を統べる者《シャドウマスター》】のジョブを刈り取りました。
＝＝＝＝＝＝＝＝＝＝＝＝＝＝＝＝＝＝＝＝＝＝＝＝＝＝＝＝＝＝

＊＊＊

「アデル様、お父様が――」

「目を覚ましたか」

翌日夕刻――。

メイアに声をかけられ、俺たちはヴァンを拘束《こうそく》していた部屋へと向かう。

俺たちが部屋に入ると、ヴァンは目だけをこちらに向けてきた。その瞳からは戦闘《せんとう》時に見せていた紅《あか》い色が消え去っている。

ヴァンは自分が拘束されていることを確認し、僅《わず》かに息を漏らした。

「ブラッドスパイダーの《魔糸》か。念入りなことだ。我はジョブを失ったというのに」

「元に戻ったようだな」

「ああ。貴様の大鎌《おおがま》に斬《き》られたからなのかは分からんが……」

「覚えているのか？」

「おぼろげに、な……。どうやら貴様の大鎌には不浄《ふじょう》なものまで消し去る力があるらしい」

そう言って柱に背を預けたヴァンにメイアが一歩、歩み寄る。

「お父様……。お父様にお聞きしなければならないことがあります」

「やれやれ。二年ぶりに対面してかける言葉がそれとは、味気ないな」

「一般的《いっぱん》な感慨《かんがい》をアンタが欲《ほっ》しているとも思えないがな」

俺がやり取りに口を挟《はさ》むと、ヴァンは鼻を鳴らしてこちらを見上げる。

「それで？　何が聞きたい？」

「良いのか？　やけに素直《すなお》に応じるんだな」

「良い。我には、黙《もく》することによる得がもう無いのだ。拷問《ごうもん》を受けてから話すのも不合理であろう？」

「……なるほど。味方に裏切られたか」

「フッ。察しが良いことだ」

ヴァンは自分の目的遂行のためには冷淡《れいたん》かつ合理的な判断を下す人間だと、メイアから聞いたことがある。そんな人物が黙秘《もくひ》しないということは、利するところが無い……つまり味方が既《すで》に存在しないということだろう。

「まず、何故アンタは操られていたんだ？」

「……その問いに答える前に、これを話しておいた方が良いだろう。――我に精神操作を仕掛けたのは、貴様の父、シャルルだ」

「……そうか」

可能性としては考えていた。ヴァンが俺の父シャルルと繋《つな》がっているということを。

ということは、ヴァンなら王家の動きや目的を少なからず把握《はあく》しているかもしれない。

「我を拘束した際、懐《ふところ》に魔法薬が入っていたであろう？」

「……ああ。メイアが回収している」

「その魔法薬を調合したのがマルクという人物なのは知っているな？」

俺はヴァンの問いに黙って頷く。

「マルクが調合した特殊《とくしゅ》な魔法薬に、高い能力を持つ者の血を混ぜ合わせたもの。それを《ソーマの雫》と呼ぶ」

――《ソーマの雫》か……。

テティを救出する際にクラウス大司教が言っていたものと同じだろう。確かあのクソ司教は「人の精神を操作する魔薬」だと言っていた。

「知っているようだな。我がシャルルに飲まされたのは、その《ソーマの雫》だ。それにより精神を操作された」

「……」

「シャルルとマルクは今、《ソーマの雫》を使ってある計画を立てている」

「計画？」

「ああ。人類全てを《ソーマの雫》によって掌握《しょうあく》し、新たな世界を創るという計画だ。奴らは《人類総支配化計画》と呼んでいた」

「……っ」

確かにヴァンほどの実力を持つ者を精神操作できる薬だ。一般の民衆などに使えば可能なことではあるだろう。

しかし、分からないこともある。

俺の疑問を口にしたのはテティだった。

「でも、そんなにたくさんの《ソーマの雫》をどうやって手に入れるの？　わたしの血が無ければ《ソーマの雫》はつくれないはずじゃ……」

「獣人族の子か。確かに獣人の覚醒《かくせい》後、間もない血液であれば《ソーマの雫》の原料となる。が、他のものでも代替《だいたい》は可能なのだ」

「他のもの？」

「竜族《りゅうぞく》。即《すなわ》ちドラゴンの血だ」

ヴァンの言葉に俺たちは息を呑《の》む。

「でもお父様。ドラゴンと言えば百の兵を動かしてもなお討伐《とうばつ》が難しいとされる、危険度ＳＳ級の魔獣のはず。それを討伐したというんですか？」

「そうだ。それをたった一人で請《う》け負ったのがマルクだ」

マルク・リシャールか……。

危険度SS級の魔獣を一人で討伐する実力。かなりの脅威《きょうい》であることは間違いない。

しかし、なるほど——。

これで全てが繋がった。

俺は今まで収集してきた情報とヴァンの話した内容を整理する。

——父シャルルはマルク・リシャールと結託《けったく》し、《ソーマの雫》を開発している。

——その目的は全ての人類を操り、自分たちが絶対的な支配者として君臨する新世界を築くこと。

マルクの方には何か別の思惑《おもわく》がありそうな気もしたが、それは本人に聞いてみるしかなさそうだ。

どちらにしても、そんな馬鹿《ばか》げた計画は絶対に阻止《そし》しなければならない。

「しかし、これで長く続いてきた暗殺者の一族も終わり、か……。神から授かったジョブが無くなってはな。全くもって、貴様の能力は人智《じんち》を超《こ》えているな」

ヴァンは大きく息をついてそんな言葉を漏らす。

「感傷に浸《ひた》るのは勝手だが、俺は他人に理不尽《りふじん》なことをする奴が大嫌《だいきら》いだ。アンタらが過去にメイアを苦しめていたこと、それから多くの人を殺してきたことを許すつもりはないぞ」

「…………それはそうだろうな。貴様はそういう人間だ」

「……」

「シャルルは今、マルクと共に王宮にいるはずだ。《ソーマの雫》を振りまくために動いているようだが……。とにかく、奴は《人類総支配化計画》のことしか見えていない」

ヴァンは暗に「計画を阻止しろ」と言っているような気がした。

「また精神を操作されてシャルルの傀儡になるのは御免《ごめん》だからな。少し不服だが、貴様らに勝ってもらうほか無い」

「アンタに言われなくてもそうするさ」

目を細めたヴァンに向けて、メイアが口を開く。

「……まだきちんとお伝えしたことはありませんでしたね、お父様。私はお父様とは別の道を歩きます」

「……ああ。勝手にするが良い」

そう言って、ヴァンの口の端《はし》が少し……、本当に少しだけ上がったように見えた。


そしてその後、俺とメイア、テティで王宮に乗り込むための話し合いをしている最中のこと。

「アデルさん、大変ッス！」

情報屋のフランが《銀の林檎亭》の扉を開け、勢いよく飛び込んできた。

フランはそのまま俺の元へと駆《か》けてくる。

そのあまりの慌《あわ》てようからして、何か良からぬことが起きていると窺《うかが》えた。

「どうした？」

「とにかく、外に来て下さいッス！」

俺たちはフランに促されるまま、酒場の外へと出る。

「これは……」

そこで俺たちが目にしたのは、王都全体を包み込む《黒い霧《きり》》だった——。

8章　終焉《しゅうえん》を刈《か》る者

「アデル様、この黒い霧《きり》は……」

辺り一帯には黒い霧が立ち込《こ》めていた。

その異様な光景を見ながらフランが説明する。

「アデルさん。どうやらこの霧は王都《リデイル》の中心地から広がっているみたいッス。街の人も様子がおかしくて……」

「様子がおかしい？」

「アデル、あれ……！」

テティに服を引っ張られてみると、通りにはたくさんの人がいた。

よろめく者、膝《ひざ》をつく者、建物に寄りかかっている者。そこにいる全《すべ》ての人間が苦しげに呻《うめ》いている。

皆《みな》がこの黒い霧の影響《えいきよう》を受けていることは明らかだった。

「アデル様。先程《さきほど》のお父様の話を踏《ふ》まえれば、この霧は……」

「ああ。シャルルが《ソーマの雫《しずく》》を振《ふ》りまく、というのはこういうことだったのか……」

まだ街の人間は昨日のヴァンのように精神を侵《おか》されてはいないようだったが、胸を押《お》さえて苦しむ者もいた。

このまま黒い霧が蔓延《まんえん》し続ければ、甚大《じんだい》な被害《ひがい》に繋《つな》がることは想像に難《かた》くない。王都リデイルには数万の民《たみ》が住んでいるのだ。その全ての人間を被害が出る前に避難《ひなん》させることは現実的ではないだろう。

「やはり黒い霧の発生源を叩《たた》くしかないな」

俺《おれ》はメイアとテティに告げ、王宮の方へと向けて駆《か》け出す。

その途中《とちゆう》、王都の自警団らしき連中が叫《さけ》んでいるのが聞こえた。

「魔獣《まじゆう》が入ってきたぞ！」

「馬鹿《ばか》な！　門の警備に当たっていた王国兵は何をやっている！」

「そ、それが、門が破られています……！」

見ると確かに魔獣が街の中に入って来ていた。

どの魔獣も黒い瘴気《しようき》を纏《まと》っている。

「チッ、変異種か」

俺は舌打ちして、街の人間を襲《おそ》おうとしている翼竜《ワイバーン》の方へと駆ける。

今にして思えば、王都の周辺で見かけた変異種の魔獣は《ソーマの雫》の影響を受けていたのかもしれない。街の人間を王都の外へ逃《のが》さないための対策でもあるのだろう。

「《風精霊の加護《シルフィード》》——！」

咄嗟《とつさ》に執行係数《しつこう》を消費し、風の刃《やいば》を魔獣めがけて飛ばす。

——ギャアアアアス！

「間に合ったか」

「あ、ありがとうございます！　あなたは、まさか執行人様……？」

「ここは危険だ。すぐ安全な所へ——」

言葉を続けようとした矢先、すぐにまた別の翼竜《ワイバーン》が襲いかかってきた。

——王宮へ急がなければいけないという時に……！

俺は再び風の刃で迎撃《げいげき》しようとしたが、その前に翼竜《ワイバーン》は別の魔獣の攻撃《こうげき》によって屠《ほふ》られる。

「アデルさん！」

そこに現れたのは、黒狼《ヘルハウンド》に跨《また》がったリリーナとレイシャの姿だった。

「リリーナ、レイシャ。どうしてここに？」

「街の様子がおかしいのを察知して、アデルさんに与《あた》えてもらったこの子が走ってくれたんです」

「アデル、私たちも助太刀《すけだち》するわ！」

「……そうか。それは助かる」

俺はリリーナとレイシャに掻《か》い摘《つま》んで事情を説明する。

「そんなことが……」

「なら、アデルたちには王宮に向かってもらわないと」

「ああ。しかし、街の方にももう少し人手が欲《ほ》しいところだが……」

俺たちが話していると、方々から声が上がる。

「執行人様！　オレたちも手伝います！　今まで受けたご恩を返させてくだせえ！」

「俺もだ！　仲間の中には黒い霧の影響を受けた奴《やつ》らもいますが、動ける者もいます！　助太刀させて下さい！」

その声を上げたのは、これまでの二年間で俺の依頼人《いらいにん》になった冒険者《ぼうけんしゃ》たちだった。

「……そうか。皆、街のことは頼《たの》んだ」

「「分かりました‼」」

この二年間は無駄《むだ》ではなかったと、そう感じた。

俺は執行係数を消費し、魔獣召喚《しょうかん》で新たに二体のヘルハウンドを喚《よ》び出す。

「リリーナ。こいつらも置いていく。君の【テイマー】の力なら三体くらいは扱《あつか》えるな？」

「はいっ！　やってみせます！」

「フランは魔獣と交戦しつつ、街の人たちの避難を優先してくれ。恐《おそ》らく王宮から遠ざければ多少の時間稼《かせ》ぎになる」

「合点《がってん》承知ッス！　情報屋ッスからね、安全そうな経路を確保するッスよ」

「レイシャはリリーナのサポートを頼む。君の【守護騎士《ガーディアンナイト》】の力なら前衛を務められるはずだ」

「分かったわ！」

皆に指示を出し、俺とメイア、テティで王宮へと向かうことを決める。

「あ、アデルさん」

服の端《はし》を引っ張られ振り返ると、フランが俺の手に何かを載《の》せた。

――ゴルアーナ金貨が一枚、シドニー銀貨が十二枚、ブロス銅貨が七枚。

それは、俺がいつも執行人の仕事を請け負う際に符丁《ふちょう》としている枚数の硬貨《こうか》だった。

「アデルさん、みんなを代表してお願いするッス。悪い奴をとっちめてきてください」

「いや、こんなもの受け取らなくても……」

「じゃあ、こうしましょう。今回の一件を終わらせたら、みんなで集まってご飯でも食べるってことで」

「……ああ。分かった」

俺はフランの言葉に深く頷《うなず》き、皆に向けて告げた。

「皆、済まないが頼む。俺は――、この騒《さわ》ぎを作り出したクソ親をブチのめしてくる」

＊＊＊

「よし、入るぞ」

ヴァンダール王宮――。

メイアとテティを連れて、俺は中へと足を踏み入れる。

――二年ぶり、か……。

王宮に入るのはシャルルに王家を追放されて以来だ。

あれから思えば色んなことがあったものだと、俺は場違《ばちが》いな感慨《かんがい》に耽《ふけ》りながら奥《おく》へと進んでいく。

「アデル……。さっきのアレ、どうやったの？」

「ん？」

「あの結界、わたしが殴《なぐ》っても破れなかったのに……」

テティが言っているのは王宮に入る前に目にした結界のことだろう。

俺たちが辿《たど》り着いた時、王宮は赤黒い格子状の光に囲まれていた。

以前フランが言っていた、王家が認めていない者の立ち入りを阻《はば》むという結界だった。

「ああ。【時術師《クロノマンサー》】ってジョブが持つジョブスキルの一つに空間を操《あやつ》る魔法があるんだ。あの結界もそれに似た構造だったからな。俺も空間を操作して打ち消した」

「……。相変わらず規格外だよね、アデルの力って」

「今更《いまさら》ですよ、テティちゃん」

——結界、か……。

俺が知る中で、王家にあそこまでの結界を張れる者はいないはずだった。

となると、あの結界を張ったのはマルク・リシャールなのだろう。

——未《いま》だにマルクがどんなジョブを持っているのか、はっきりとは見えてこないな。

SS級のドラゴンを単独で討伐《とうばつ》できる強さもあると言うし、どこか底の見えない不気味さを感じる。

と、思考を巡《めぐ》らせながら王宮の大広間に差し掛《か》かった時——。

「そこまでだアデル！　これ以上の反抗《はんこう》は許さないぞ！」

「……」

そこに立っていたのは第一王子、シグルス・ヴァンダールだった。

後ろには他の王子――兄上たちの姿も見える。

「もうこんなことはやめるんだ。……父上から聞いたぞ。お前が国家転覆《てんぷく》を図《はか》って魔獣を街へ手引きし、毒を振りまいているということをな」

「「「……は？」」」

メイア、テティと揃《そろ》って声を漏《も》らす。

見当違いなことを言われたからというより、そんなデマを信じているシグルスたちに対する呆《あき》れが勝っていた。

「お前が黒衣の執行人だと聞いた時は驚《おどろ》いた。しかし、我々王家に歯向かって何になるんだ。父上も悲しむぞ」

「……」

「さあ、その武器を置くんだ。今なら私たちも一緒《いっしょ》に謝ってやる。だからこんな馬鹿な真似《まね》はもう――」

「兄上たちは、それを冗談《じょうだん》か何かで言っているんですか？」

「……？　どういうことだ？」

シグルスは俺の言葉が意味不明だと感じたようで、眉《まゆ》をひそめる。

どうやら本気らしい。

どうやら本気で、シグルスたちは父シャルルの言うことを受け入れ、俺に話しかけているらしい。

無知は悪であると言うが、思考停止して自らの意思を持とうとしない者は何と言うのだろうか。

「……兄上たちは《ソーマの雫》を飲まされているわけではないんですよね?」

「《ソーマの雫》? 何だそれは?」

「……」

それすら知らされていないのか。

呆れを通り越して哀《あわ》れですらあった。

「アデル様。先を急ぎましょう」

「ああ。そうだな」

「待て! 止まれと言っている。これ以上先に進むというのなら、【剣聖《けんせい》】のジョブを持つ私たちが相手になるぞ!」

シグルスの声を合図に、兄上たちは一斉《いっせい》に剣を抜《ぬ》いた。

正直、兄上たちのことはあまり記憶《きおく》に残っていない。

それはそうだろう。

彼《かれ》らは何もしなかったのだ。

俺が王家にいた頃《ころ》、街の商人を排《はい》するような都市計画が立案された時、俺が王家を追放される時、王家を追放された後。

そして、今も——。

ただシャルルの言うことを受け入れ、従い、傀儡《かいらい》のように動かされている。シグルスたちは自分で考え、動くということをしていないのだ。

「ええい、もういい！　私たちの言うことを聞かないというのなら力ずくだ！　かかれっ！」

「──《風精霊《シルフィード》の加護》」

対象に向けて全方位から風の刃が飛ぶ。

「ぐぁあああああああッ！」

それを受けきることも出来ず、シグルスたちは大理石の床《ゆか》の上を転がった。

全員気絶しているのを横目に、俺たちは先へと進むことにする。

転がっているシグルスたちの横を通り過ぎる時、ふと考えた。

もし彼らと同じように【剣聖】のジョブを授《さず》かっていたら、王宮を追放されなかったら、俺もこんな風になっていたんだろうか？

「それは無いと思いますよ。アデル様」

「え……」

王宮の奥へと進みながら、メイアが俺の考えを見透《みす》かしたかのように声をかけてきた。

「ふふ。アデル様が今お考えになっていたことは目を見ればわかります。でも……、アデル様はきっと王家だからとか、追放されたからとか、関係ないと思うんです。どこにいてもアデル様は変わらなかったと、私は思いますよ」

「……」

「ずっと見てきましたからね」

メイアが言って、テティも同じ気持ちだと言わんばかりに尻尾《しっぽ》を振っている。

お人好《ひとよ》しな奴らだなと、微《かす》かに笑《え》みが溢《あふ》れるのが自分でも分かった。

＊＊＊

シグルスたちを倒《たお》した後、王宮の最奥《さいおう》まで向かった。

そしてその場所に辿り着いて、荘厳《そうごん》な扉《とびら》を開く。

「久しいな、アデルよ。シグルスたちは足止めにもならなかったらしいな」

ヴァンダール王宮の最奥、石柱が規則正しく並べられた王の間――。

そこにシャルルはいた。

「あれから二年か。よくも余たちの邪魔《じゃま》をしてくれたな、アデル」

シャルルが傲慢《ごうまん》な態度で語りかけてきた。

陽が落ちて、規則正しく並べられた石柱が長い影《かげ》を落としている。

奥には広大な魔法陣《じん》が敷《し》かれ、近くにマルク・リシャールの姿もあった。

マルクはまるで友人に「やあ」と挨拶《あいさつ》するかのように、穏《おだ》やかな笑顔で手を振っていた。

――今度は分身じゃないいな……。

俺は不敵に笑うマルクから魔法陣の方へと視線を移す。

描《えが》かれた魔法陣は、その上に置かれた金色の杯《さかずき》を怪《あや》しげな光で包んでいた。

──あれは……、ヴァンダール王家の家宝、《ハイジアの杯》か……。

注いだものの性質を高める効果があると言われている宝物。

それは、俺が盗《ぬす》み出そうとしたと、シャルルにデマを流されたことのある家宝だった。

「その家宝は盗まれたんじゃなかったか？」

「さて、何のことかな」

俺の皮肉に動じる様子もなく、シャルルは不遜《ふそん》な態度で返す。

「その杯で黒い霧を発生させているということか」

「ククク、そういうことだ。あと少し……。あと少しで余の目的は果たされる」

《ハイジアの杯》の周囲には黒い霧が立ち込めている。

あれで黒い霧を発生させ、魔法か何かの方法で街の方へと広めているのだろう。

「まずは手始めにこの国だ。そうなればこの国の住人は全て物言わぬ兵器となる。それを扱い近隣《きんりん》諸国に戦争を仕掛け領土を広げていく」

「…………」

「そうしていつか、世界は余の前にひれ伏《ふ》すのだ。どうだ？　完璧《かんぺき》な計画であろう？」

「民の意思はどうなる」

「民の意思？　そんなものを気にして何になる？　どうせ《ソーマの雫》が完全に行き渡《わた》れば全て無くなるのだ」

「…………屑《くず》が。その杯は絶対に破壊《はかい》させてもらう」

「させると思うか？　何のために余がここにいると思っている」

言って、シャルルは剣を抜いた。

もう言葉を交《か》わす意味は無い。

「マルクよ、手を出すでないぞ。貴様に二度も借りをつくるのは余の沽券《こけん》に関《かか》わるからな」

「はいはい、分かったよ王様。存分に決着を付けると良いさ」

負けることなど微塵《みじん》も考えていない様子でシャルルは笑みを浮《う》かべている。

——こいつだけは絶対に許さん。

「アデル様……」

「アデル……」

「大丈夫《だいじょうぶ》だ。必ず勝つ。二人はできるようなら隙《すき》を見てあの杯を破壊してくれ。ただ、マルクもいるから無理はするな」

メイアとテティが頷くのを見て、俺はシャルルに対し【執行人】の能力を使用する。

二年前、この王宮を追放され、俺の人生を大きく変えることになったジョブの力を——。

＝＝＝＝＝＝＝＝＝＝＝＝＝＝＝＝＝＝＝＝
対象：シャルル・ヴァンダール
執行係数：１０５８９７０ポイント
＝＝＝＝＝＝＝＝＝＝＝＝＝＝＝＝＝＝＝＝

青白い文字列。

そこに表示された執行係数は二年前のその時より遥《はる》かに高い数値だった。

──《魔鎌《まれん》・イガリマ》、顕現《けんげん》しろ。

念じ、漆黒の大鎌《イガリマ》を手にすると、かつてない力が流れ込んでくるのを感じた。

「なるほど、確かに中々の圧だ。しかし、余の前には無意味というもの。忘れたわけではあるまい？　余が持つ地上最強のジョブ──【白銀の剣聖】の力を」

「……」

──それはどうかな、と。マルクが小さく呟《つぶや》いた気がしたが、今はシャルルとの戦闘《せんとう》に集中する。

マルクが手を出さないという先程の会話が、こちらを惑《まど》わすための偽《いつわ》りである可能性も考慮《こうりょ》しながら、俺はイガリマを構えた。

「ゆくぞ、アデルよ！　余の剣を味わうが良い！」

シャルルは真《ま》っ直《す》ぐに駆けてくる。

現代で最上位と謳《うた》われるジョブを持つと豪語《ごうご》するだけのことはあり、兄上たちとは明らかに違う動きだった。

動きそのものは捉《とら》えられないわけではない。

しかし、シャルルの持つジョブスキルには厄介《やっかい》な点がある。

「喰《く》らえ、アデルっ！」

シャルルの振り下ろした剣が空を斬《き》り、大理石の床を穿《うが》つ。

俺は回避《かいひ》行動からすぐさまイガリマを横薙《よこな》ぎに払《はら》おうとするが、シャルルは俺が攻撃行動を開始する前に後退し距離《きょり》を取っていた。

「ククク、無駄だアデルよ。貴様の行動は余のジョブスキルによって視《み》えている」

――やはりそうなるか。

シャルルの持つ【白銀の剣聖】のジョブスキル。

それは、使用者の五感を極限まで研ぎ澄《す》ます能力だ。

まだ王宮にいた頃、俺はシャルルから聞いたことがある。

対象の動きが「視える」のだと。

それはよく見えるという程度のものではない。相手の予備動作から、未来の動きを予測できるまでの境地に達するのだと言う。

――《因果掌握《しょうあく》》。

それがシャルルの持つジョブスキルだった。

「貴様の能力、聞いているぞ。攻撃を命中させた相手のジョブを奪《うば》い取ることができるそうだな。ふざけたジョブスキルだが、当たらなければ恐れることはない」

「……」

「攻撃を当てることが出来なければ貴様は勝てんのだ、アデル！」

シャルルの勝ち誇《ほこ》った声が響《ひび》く。

今の攻防を見て、自分の負けは無いと感じたのだろう。

――しかし、シャルルは大きく履《は》き違えている。

「吠《ほ》えるなシャルル。戦いというのはそう単純じゃない。玉座にあぐらをかくのが好きなアンタには分からないかもしれないがな」

「な、何だと……!?」

「悪いがアンタに時間はかけていられないんだ。次で決めさせてもらう」

「お、お、おのれ……！　余を愚弄《ぐろう》しおって！　貴様は必ず殺してやるっ！」

俺はシャルルの叫びを無視して青白い文字列を表示させる。

色々と対処法はあるが、早さと確実性で言えばこいつが一番だろう。

＝＝＝＝＝＝＝＝＝＝＝＝＝＝＝＝＝＝＝＝＝＝

累計《るいけい》執行係数：５１４８１５ポイント

執行係数５００００ポイントを消費し、《影渡り》を実行しますか？

＝＝＝＝＝＝＝＝＝＝＝＝＝＝＝＝＝＝＝＝＝＝

承諾《しょうだく》――。

「死ねぇえええええええっ！！！」

激昂《げっこう》したシャルルが一直線に駆けてきて、しかしその対象である俺は斜陽《しゃよう》の落とす影に潜《もぐ》り消えた。

「な――ッ⁉」

突然《とつぜん》目の前から姿を消したからだろう。シャルルが声を上げるが、俺のことは見つけられないはずだ。

「ど、どこだ⁉　アデルめ、どこへ消えた……！」

そして、俺はシャルルの背後に長く伸《の》びた影から姿を現しイガリマを振るう。

――アンタに追放されてなければ、メイアやテティ、他の連中とも出会えなかった。そこだけは感謝してるよ。

「《刈り取れ、イガリマ》――」

「な――ッ⁉」

――ギシュッ。

イガリマが確かにシャルルの背中を捉える。

「ば、馬鹿……な」

研ぎ澄まされた五感が元に戻《もど》り、ジョブを失ったと理解したのだろう。

剣を取り落とし、シャルルは肩《かた》を震《ふる》わせる。

シャルルが未来の動きを捉えていたのは、あくまで俺の姿が見えていたためだ。影に潜《ひそ》んでしまえば俺の未来の動きを予測することも出来ない道理。

「余が……余が負けた、だと？　そんなはずはない……！　余の決定は王の選択《せんたく》だ！　それが間違っているなどあり得ん！　あり得んのだ――ッ！」

シャルルは叫びながら、策もなしに俺の方へと突進《とっしん》してきた。

どう考えても悪手だ。

――俺は拳《こぶし》を握《にぎ》り、接近してくるシャルルの顔面に全力で叩きつける。

「ぐぁあああああっ――！」

シャルルが床に転がる。

「あ、ぁあ……。余の、顔を……」

シャルルは骨が砕《くだ》けたらしく、顔の形が大きく変わっていた。

ジョブも失い、戦闘は続行不可能だろう。

シャルルの目が「なぜ」と揺《ゆ》れる。

なぜ無能だと決めつけ追放した息子《むすこ》に、王家の汚点《おてん》だとまで言い放った息子に、最強のジョブを持つはずの自分が敗れるのか、と。

「これが終わったら騒動《そうどう》の首謀者《しゅぼうしゃ》としてアンタを国民の前に突《つ》き出す。その時にどんな罰《ばつ》が待っているか、せいぜい震えろ」

「く、ぐぅ……」

「執行完了《ざまあみやがれ》――」

俺はシャルルに向け、告げてやった。

——これで残るは……。

俺は黒い霧の発生装置である《ハイジアの杯》に目を向ける。

その傍《かたわ》らにはマルクが笑みを浮かべて立っていた。シャルルがやられたというのに動揺《どうよう》は見られず、不気味さすら覚える。

「まったく、使えないなぁ」

「ま、マルク！　魔法薬を寄越せ！　余があやつなんぞに負けるはずがない！　余は全ての人類の頂点に位置する王なのだ！」

「やれやれ。ジョブを失ったのに魔力を高めてどうしようってのさ。それに、僕《ぼく》には借りをつくらないんじゃなかったの？」

「そ、それは——」

シャルルが懇願《こんがん》するような視線を送る。

しかしそんなシャルルを突き放すようにして、マルクは言った。

「愚王《ぐおう》ここに極《きわ》まれり、だね。いい加減負けを認めたらどうだい？　君は間違っていたんだよ。——二年前からね」

「ち、違う！　余は……。余は、まだ——ッ！」

「へぇ。まだ黒衣の執行人に勝ちたいのかい？」

「無論だ！　余は負けんっ！　負けるなどあってはならんのだ！　余は、何一つ間違ってなどいない！」

シャルルの叫ぶそれは、自分自身の地位と自尊心によって作り出された「呪縛《じゅばく》」に思えた。

「うん。そうか――」

マルクが残酷《ざんこく》な笑みを浮かべる。

「よし、分かった。それじゃあ僕の一部にしてあげるよ。それで一緒に戦おう」

「え……？　ま、待て……。それは――ァァアアアアアアアアアアアアアアア!?」

マルクの体から黒い瘴気が巻き起こり、シャルルの体を飲み込んでいった。

「あれは……、クラウス大司教の時と同じ……」

ブチブチと――。何かが切れるような、磨《す》り潰《つぶ》すような、そんな音が王の間に響く。

「ふう。ご馳走様《ちそうさま》」

「シャルルを、喰った……？」

黒い瘴気に包みこまれたシャルルは、断片《だんぺん》すら残さずにこの世から消えていた。

俺はその光景を目の当《ま》たりにして息を呑《の》む。

マルクのその行為《こうい》は、動物の捕食《ほしょく》を思わせた。強い者が弱い者を食らう、弱肉強食の様を。

「あ、アデル様……」

「何、あれ……。仲間を取り込んだっていうの……？」

俺は半ば反射的にメイアとテティの前へと立ちはだかる。

「彼は《人類総支配化計画》について、『何を支配するか』ばかり考えていたようだね。『誰《だれ》が支配するか』の部分が自分だと信じて疑っていなかったらしい」

マルクはシャルルがいた場所を見ながら呟いた。

「じゃあ、お前にとって《人類総支配化計画》とは誰が支配する計画なんだ？」

「君も薄々《うすうす》気付いてるんだろう？　アデル・ヴァンダール。——僕は魔族だ。千年前、人間たちとの戦争で敗れた、ね」

「やはりそうか……。ならこれは、魔族としての復讐《ふくしゅう》か？」

「復讐、か……。そうかもしれないね」

マルクは俺の言葉に少しだけ目を伏せて言った。

「僕の目的は魔族の世界を復活させることだ。皆殺《みなごろ》し程度じゃ生ぬるい。全ての人間を僕たち魔族が支配し、僕は魔族の王——魔王となる。そのために《ソーマの雫》は最適な道具だった」

「……」

「おかしいかい？　他者よりも優位な立場にいたいというのは、生物としての本能だと思うけどね。そこだけに限って言えばシャルルの考えを否定するつもりは無いよ。……あくまで僕はだけどね」

マルクは告げると、ニヤリと笑った。

これが奴の考え方ということなのだろう。別に是非《ぜひ》を論ずるつもりはない。

——ただ、譲《ゆず》れないものは俺にもある。

俺の視線を受け、マルクは淡々《たんたん》と語りだす。

「暗殺者ラルゴ・ブライト、精霊《せいれい》剣士ゲイル・バートリー、商会長ワイズ・ローエンタール、領主ダーナ・テンペラー、大司教クラウス・エルゲンハイム、灰燼《かいじん》の大蛇《だいじゃ》ベイリー・レンツ、暗殺者ヴァン・ブライト、そして国王シャルル・ヴァンダール――」

「……?」

「本当に見事だった。君が僕の駒《こま》をことごとく潰してくれたおかげで、計画を起こすのにもここまで時間がかかってしまった」

「……別にお前の手先だと思って執行してきたわけじゃないけどな。単に俺の嫌《きら》いな、理不尽《りふじん》で他人を踏みつけるような連中だっただけだ」

「君にとってはそうだったかもしれないね。まったく、黒衣の執行人とはまさに僕の天敵だったわけだ。……でも、終わりよければ全て良しとしよう」

マルクはそう言って、両手を広げる。

それに呼応するかのように黒い瘴気が満ちて、マルクの体を覆《おお》っていった。

「さあ、勝負といこうか！　アデル・ヴァンダール！」

俺はマルクに視線を向けたままで後ろにいる二人に語りかける。

「メイア、テティ。アイツは俺が相手する。二人はその隙に杯を――」

「……分かりましたアデル様。ご武運を」

王都民を襲う黒い霧の発生源――《ハイジアの杯》の破壊。俺はそれをメイアとテティに任せ、マルクを見据《みす》えた。

＝＝＝＝＝＝＝＝＝＝＝＝＝＝＝＝＝＝＝＝
対象：マルク・リシャール
執行係数：２４２８９１３ポイント
＝＝＝＝＝＝＝＝＝＝＝＝＝＝＝＝＝＝＝＝

──落ち着いて奴を捉えろ。ジョブを刈り取ればそれで決着だ。

俺はイガリマを握り、マルクに照準を合わせる。

「それじゃあ行くよっ！」

マルクがこちらに向けて疾駆《しっく》する。

疾《はや》い──。

これまで見てきたどんな相手よりも手強《てごわ》いということが、その動きだけでわかった。

黒い瘴気を纏ったマルクの腕《うで》が俺の黒衣をかすめる。

「……っ」

見ると、マルクの攻撃が触《ふ》れたその箇所《かしょ》が溶《と》け落ちていた。

──これは……。触れた対象を溶かすジョブスキルか……？

「よく避《よ》けたね。じゃあこれはどうかな……!?」

今度は黒い瘴気を複数の矢に変形させてこちらに放ってきた。

「──っ」

俺はそれを回転しながら躱《かわ》し、すぐにマルクの方へと向き直る。

「素晴《すば》らしいね。本当に強敵だ」

マルクの言葉には取り合わず、瞬時《しゅんじ》に執行係数を消費して攻勢に出る。

「《風精霊《シルフィード》の加護》――――！」

風の刃が全方位からマルクを襲う。

「――っ」

マルクが跳躍《ちょうやく》してそれを躱した時、勝機が見えた。

部屋の隅《すみ》に立っている石柱を蹴《け》り、俺もマルクがいる宙へと跳《と》ぶ。

「《刈り取れ、イガリマ》――――！」

――ギシュッ。

イガリマがマルクを捉え、鈍《にぶ》い音が響き渡る。

――よし、これで……。

着地し、マルクを振り返るが、そこから飛来したのは炎《ほのお》の矢だった。

「なっ――――」

「アデル様っ！」

間一髪《かんいっぱつ》で回避し、再び俺はマルクに相対する。

「まったく嫌《いや》になるよねぇ。完全に虚《きょ》をついた攻撃だったのに。どれだけ強いんだよ、君は」

「メイア、テティ！　《ハイジアの杯》は!?」

「駄目《だめ》ですアデル様！　魔法陣の中に何か結界のようなものが……！」

「フフ。王宮の外に張っていた結界とは一味違うよ。《ハイジアの杯》を破壊する方法はただ一つ。結界の術者である僕を倒すことだ」

マルクが言って、口の端《はし》を上げた。

――何故《なぜ》だ……？　ジョブは確かにイガリマで刈り取ったはず……。

俺は思案し、何故ジョブを刈り取られたはずのマルクがジョブスキルを使用できたのかを考える。

そして、思い当たった。

「その顔は気付いたようだね。――そう、僕が持っているジョブは一つじゃない」

「……喰った相手のジョブを奪い取れるのか」

「ご名答。もっとも、クラウス大司教やシャルルのように、既《すで》にジョブを失った場合は別だけどね」

「それは脅威《きょうい》だな」

「いや、君みたいに器用じゃないさ。相手を生かしたままジョブだけを切り取るなんて芸当、僕にはできない」

「……」

「それでも、僕が持つ複数のジョブで君に勝ってみせる」

複数のジョブか……。

マルクがどれだけの数を保有しているのか分からないが、今までのようにイガリマでジョブを刈り取るだけでは勝利できないと考えた方が良いだろう。

「さあ。次、行くよ！」

マルクが手を掲《かか》げると、淡《あわ》い紫色《むらさきいろ》の光が走る。

──ガァアアアアアアアッ！

そこに現れたのは黒いドラゴンの群れだった。

王の間の壁面《へきめん》や天井《てんじょう》が破壊され、そこは開けた空間となる。

「《魔獣召喚》は君も得意としているジョブスキルだったね。危険度ＳＳ級の魔獣、ブラックドラゴンが三体だ。さすがの君もこれを相手にしながら僕と戦うのは無理があるだろう？」

確かにマルクとブラックドラゴンの群れ、両方を相手にしながら戦うのは厳しい。

しかし、マルクを撃破しなければ杯を壊《こわ》すことができない。

と、俺の傍《そば》にメイアとテティがやって来る。

「アデル様、魔獣の方はお任せ下さい！」

「わたしも戦う！　わたしはアデルの力になるって決めたんだ！」

二人の決死の叫び。

俺は二人に背を向け、言葉だけを返す。

「……分かった。だが無理はするな。絶対に生きて《銀の林檎亭《りんごてい》》に帰るぞ」

「はい！」

「うん！」

メイアとテティの想《おも》いを受け、俺は一つの戦略を決める。

――ジョブを刈り取ることでマルクに勝つことはできない。なら……。

「マルク。次で決着を付ける」

「何か思いついたようだね。なら、試《ため》してみると良い。――凍《こお》れっ！」

言うが早いか、マルクが今度は氷結魔法を放ってきた。

地面を這《は》うようにして氷の刃が接近し、俺はドラゴンが砕いた石柱へと飛び乗る。

「まだまだっ！」

氷結魔法を使用した方とは反対の手をかざし、マルクが今度は炎の矢を飛ばしてきた。

――ジョブスキルの同時使用も可能、か。厄介だが……。

「攻撃する間は与えないよ！　その前に君を殺して、僕が勝つ――ッ！」

――ジョブスキルを同時に使えるのは、お前だけじゃない。

マルクの猛攻《もうこう》を凌《しの》ぎながら、俺は攻撃に転じられる隙を窺《うかが》う。

そして、マルクの魔法の連射が僅《わず》かに途《と》切《ぎ》れたその刹那《せつな》。俺はイガリマに命じ、マルクめがけて投擲《とうてき》した。

「《斬《さ》り裂け、イガリマ》――」

「なっ――!?」

鎌《かま》を投げるとは思っていなかったのだろう。マルクは魔法の使用を中断し、回避体勢に移る。

俺が待っていたのはその瞬間だった――。

俺は瞬時に二つのジョブスキルの使用を念じる。

＝＝＝＝＝＝＝＝＝＝＝＝＝＝＝＝＝＝＝＝＝＝＝＝＝＝＝＝＝＝＝＝

累計執行係数：１５１７７８５ポイント

執行係数７００００ポイントを消費し、白銀の剣聖のジョブスキル《因果掌握》を実行しますか？

執行係数３００００ポイントを消費し、《神をも束縛する鎖《レージングル》》を実行しますか？

＝＝＝＝＝＝＝＝＝＝＝＝＝＝＝＝＝＝＝＝＝＝＝＝＝＝＝＝＝＝＝＝

——承諾。

「くそっ——！」

マルクが回避行動を取る。

——視えた。

俺は《因果掌握》により、マルクが移動するその先の地点を目で捉えた。

そして、その箇所めがけて《神をも束縛する鎖《レージングル》》を発動。

「これは——、鎖《くさり》⁉」

「終わりだ、マルク——」

中空から放たれたその黄金色の鉄鎖《てっさ》は、マルクの四肢《しし》を束縛《そくばく》し動きを完全に封《ふう》じた。

「う……」

＝＝＝＝＝＝＝＝＝＝＝＝＝＝＝＝＝＝＝＝＝＝＝＝

累計執行係数：１４１７７８５ポイント

執行係数１０００００ポイントを消費し、《亜空間操作魔法《デジョネーター》》を実行しますか？

＝＝＝＝＝＝＝＝＝＝＝＝＝＝＝＝＝＝＝＝＝＝＝＝

承諾――。

「確かにジョブを複数持っているのは厄介だ。しかし、お前自身を封じたら？」

「……」

亀裂《きれつ》が走り、黒く塗《ぬ》りつぶされたような空間が生じた。その黒い空間はマルクを飲み込もうと展開していく。

「《失われた古代魔法《ロストスペル》》か……。亜空間《あくうかん》に放《ほう》り込まれれば結界も維持《いじ》できなくなる。僕の完敗だね……」

観念したのだろう。マルクが体から力を抜くのが分かった。

「君の勝ちだ、アデル・ヴァンダール」

「ああ。お前の計画もこれで終わりだな」

「…………いや、僕は諦《あきら》めないよ」

「……」

「いつかきっと亜空間からも抜け出す術《すべ》を見つけて、君にリベンジするよ。その時まで、また、ね」

最後のマルクの顔は意外にも、笑顔だった。

そして――。

――パシュッ。

亜空間に飲み込まれ、マルクは消えていった。

「やりましたね、アデル様」

「ああ」

マルクが消えた後、マルクの召喚したドラゴンも消失していた。そしてそれは、《ハイジアの杯》を覆っていた防護結界も同じ。

俺たちは杯をすぐに破壊し、黒い霧を停止させることに成功した。

「これで終わりだな」

俺の言葉にメイアとテティが頷いて、俺たちは健闘《けんとう》を称《たた》え合う。

「さあ、街の方へもどろう。皆と合流しないとな」

そして俺たちは激闘《げきとう》が行われた王の間を後にしようとする。

「……最後まで掴《つか》みどころの無い奴め。執行完了《ざまあみやがれ》――」

俺はマルクが消え去った空間を振り返り、それだけ呟いた。

エピローグ

「——さま。……アデル様。起きて下さい」

「ん……」

まどろみの中にいた俺《おれ》は、メイアに揺《ゆ》すられて現実へと引き戻《もど》された。

《銀《ぎん》の林檎亭《りんごてい》》にて。

「アデル、おはよう」

「ああ。おはよう、テティ」

尻尾《しっぽ》を振《ふ》りながら声をかけてきたテティの頭を撫《な》でて、俺は大きく伸《の》びをした。

昨日も「仕事」があったためか、つい眠《ねむ》ってしまっていたらしい。

——王宮での戦いから数日。

王都を襲《おそ》った黒い霧《きり》も晴れ渡《わた》り、俺たちは日常を取り戻していた。

マルクを倒《たお》した後すぐに発生源を破壊《はかい》できたことで、幸い王都民にも被害《ひがい》はなかった。

街を襲っていた魔獣《まじゅう》の群れもリリーナやレイシャ、フラン、冒険者《ぼうけんしゃ》たちの活躍《かつやく》で撃退《げきたい》に成功。あれだけの騒動《そうどう》になったにも拘《かかわ》らず死者はゼロだった。

「さて、と。そろそろ準備しないとな」

今日はこの後、俺の経営する《銀の林檎亭》にゆかりある人たちを招くことになっていた。

王宮に向かう前、フランと交《か》わした約束を果たすためだ。

俺が眠気覚ましに林檎を齧《かじ》っていると、酒場の扉《とびら》が勢いよく開く。

「こんにちはーッス！」

初めにやってきたのは、話を持ちかけた当人であるフランだった。

「フランちゃん、いらっしゃいませ」

「い、いらっしゃいませ」

「こんにちはメイアさん。それにテティも」

言って、フランはテティの頭をわしゃわしゃ撫で回している。

「アデルさん、お久しぶりッス」

「別に久しぶりじゃないだろ。しょっちゅう食いに来てるくせに」

「やだなぁ。そこはご愛嬌《あいきよう》ってやつッスよ」

フランは今でもふらりと《銀の林檎亭》に現れては飯だけ食っていくので、正直あまり珍《めずら》しさは無い。

王都での事件があった後、フランは「やっと王家調査の激務から解放されたッスね」と皮肉を言っていたものだが、食事券を何枚か渡したら嬉《うれ》しそうにそれを受け取っていた。

「こんにちは！　今日もお花持ってきましたよ」

次にやってきたのは花屋のマリーだった。

こちらも珍しくない。

週に一度は花を持ってきては、酒場に置いていってくれている。

気持ちはありがたいのだが、いよいよ酒場の中は花だらけになっていた。そろそろ本気で花屋との兼業《けんぎょう》を考えなければいけないかもしれない。

「なあマリー。花を届けてくれるのはありがたいが、そろそろ一杯《いっぱい》でな。もう十分に依頼《いらい》の報酬《ほうしゅう》は受け取ったと思うんだが」

「え……？　でもメイアさんはまだまだ欲《ほ》しいって言ってましたよ？　お金までいただきましたが」

そう返されてメイアの方を見やるが、当のメイアはそれに気付かないフリをして「テーブルを拭《ふ》かないと」と言って逃《に》げていった。

「はは……。でも、別に負担じゃありませんから。……むしろ私もこうして酒場に来れるのは嬉しいというか」

「まあ、ほどほどに、な……」

「こんにちは。お邪魔《じゃま》するわ」

「ああ、レイシャか。子供たちも、よく来たな」

ラヌール村からやって来たのはレイシャだ。

孤児院《こじいん》の子供たちもいて、一気に酒場の中が賑《にぎ》やかになる。

「どうだ？　孤児院の設立は上手《うま》くいきそうか？」

「ええ。大変なことも多いけどね。でも、これもあなたのおかげよ。本当にありがとう」

レイシャはラヌール村で新しい孤児院を設立することを決めていた。トニト村長を始めとして村人たちも協力してくれているらしい。

レイシャは「場所は変わっても、王子様に救ってもらったことは無駄《むだ》に出来ないからね」と、そんなことを言っていた。

「こんにちは。アデルさん、皆《みな》さん」

そう言ってやって来たのはリリーナとその弟、妹たちだった。

リリーナは今でも精力的に活動していて、ラヌール村だけでなく他の村々の管理も兼任するようになったらしい。テイム能力を活かし、行商も活発になっているのだとか。

「やっと弟と妹たちを連れてくることができました、アデルさん。誘《さそ》っていただきありがとうございます」

「ああ、そうだったな」

リリーナから依頼を受けた去り際に「落ち着いたら、弟や妹を連れて酒場に飯でも食いに来てくれ」と言ったことを思い出す。

そんなに昔のことでもないが、ひどく懐《なつ》かしい感じがした。


「それじゃあ、乾杯《かんぱい》ッス！」

フランが元気に音頭《おんど》を取って、皆で食事を摘《つま》んでいく。

酒場にはあの後、王都の防衛戦で協力してくれた冒険者たちも押《お》しかけ、大賑わいを見せていた。

しばらく経《た》って、フランがいつものように行儀《ぎょうぎ》悪くカウンターに腰掛《こしか》け、話しかけてきた。

「いやぁ、この酒場にここまで人が来てるのは初めて見たッス。明日には雪とか降るかもしれないッスね」

「おい、メイア。もうフランに食事、出さなくて良いぞ」

「だぁー！　冗談《じょうだん》、冗談ッスよ、アデルさん！」

そんなやり取りをする俺たちを見て、メイアが微笑《ほほえ》んでいる。

「で、どうだ？　反発している貴族は洗い出せそうか？」

「ふふん。フランは腕利《うでき》きの情報屋ッスよ。こんなのいつぞやの王家の調査に比べれば朝飯前ッス」

フランはそう言って、貴族の名前が載《の》った羊皮紙を手渡《てわた》してきた。

王宮での一件以降、変わったこともあった。

あの一件が王家の仕業《しわざ》だと発覚し、民衆が蜂起《ほうき》したのだ。まあ、それは俺からフラン伝いに根回しをしていたわけだが。

それにより残った権力者である兄上たちも責任の一端《いったん》があると投獄《とうごく》され、ヴァンダール王家は事実上の解体となった。

そして今、この国は共和国として生まれ変わろうとしている。

「それにしても、あれで良かったんッスかねぇ。フランはアデルさんが名乗り出て王様になるのもアリだと思ったんッスが」

「俺は今さら王族に戻ろうとは思わないよ。今の感じの方が性に合ってるしな」

「へぇ。それはメイアさんも喜ぶッスねぇ」

「メイアが……？　何で？」

「いや、もういいッス」

フランはそう言って話を打ち切ると皆のいるテーブルの方へと駆《か》けていった。

国の体制が変わったこともあり、問題は山積みだった。

王家と癒着《ゆちやく》のあった貴族、恩恵《おんけい》を受けていた貴族は反対の声を上げたし、今もまだ裏で暗躍《あんやく》しようと目論《もくろ》む者もいるようだ。

だからこそ俺の《復讐代行《ふくしゆう》》の仕事に関する依頼が完全に途絶《とだ》えることは無かった。

それに、今もまだ他人の振りまく理不尽《りふじん》に苦しめられている者は大勢いた。

いつの世も理不尽は尽《つ》きないと、そういうことなのかもしれない。

そうして感慨《かんがい》に耽《ふけ》っていると、メイアとテティがやって来る。

「アデル様。改めてですが、本当にお疲《つか》れ様でした」

「二人も、サンキュな。あの一件が無事に解決できたのも二人がいてくれたおかげだよ」

「ふふ。アデルにそう言ってもらえると嬉しい」

そうして談笑《だんしよう》していると、テティが不意に真剣《しんけん》な表情で口を開く。

「あのさ。わたしとメイアはアデルに伝えたいことがあるんだ」

「伝えたいこと？」

「うん。わたしはまだまだアデルと一緒《いつしよ》にいたい。恩が返しきれていないってだけじゃなくて、わたしがそうしたいんだ」

そう言って、テティは真《ま》っ直《す》ぐな目で見上げてくる。

「私も同じです。以前の約束は今も変わりません。私はずっとアデル様についていきます」

メイアが銀髪《ぎんぱつ》を揺らし、再確認するかのように告げてきた。

思えば、メイアと出会ってから色々とあったものだ。

俺は昔のことに想《おも》いを馳《は》せ、そして今いる二人に向けて伝える。

「ああ。俺の方こそ、これからもよろしく」

少し気恥《きは》ずかしい感じがして、俺は傍《そば》においてあった籠《かご》から林檎を取り出し口にする。

それを見て二人が笑っていると、酒場の扉が開かれた。

「あの、すみません。《銀の林檎亭》というのはこちらですか……?」

そこに立っていたのはフードを被《かぶ》る女性だった。

メイアが駆け寄り応対する。

「ああ、すみません。今日は貸し切りで――」

「私、隣国《りんごく》ルーンガイアの王女、クレス・ルーンガイアと申します。黒衣の執行人《しっこうにん》様に依頼したいことがあって参りました」

その人物が小声でメイアに告げる言葉が聞こえた。

どうやら、黒衣の執行人の仕事もまた忙《いそが》しくなりそうだ。

――さて、次はどんなクソ野郎《やろう》が相手かな。

俺は残った林檎を口の中に放《ほう》り込《こ》み、新たな依頼者の元へと向かった――。

あとがき

はじめまして。作者の天池《あまいけ》のぞむと申します。

この度《たび》は「黒衣の執行人《しっこうにん》は全《すべ》てを刈《か》り取る」をお手に取っていただき誠《まこと》にありがとうございます。

本作は各種WEBサイト様に掲載《けいさい》していた作品で、このたび書籍化《しょせきか》のお話をいただくこととなりました。ライトノベルという小説の魅力《みりょく》に気付いたのが二十年前。「いつかは自分も本を書いてみたい！」という漠然《ばくぜん》とした想《おも》いを抱《いだ》いていた私にとって、このようなご縁《えん》をいただいたのは大変嬉《うれ》しいことでした。

本作は書籍化にあたり、全面的な加筆修正、一部エピソードの変更《へんこう》、新規エピソードの追加などを行っております。WEB版をお読みになった方にも、そうでない方にも、間違《まちが》いなく楽しんでいただける一冊となっております！　ぜひお楽しみくださいませ。


作品のことにも触《ふ》れさせていただきますね。

本作は、世の理不尽《りふじん》を目にしてきた主人公アデルが弱者を虐《しいた》げる悪人を成敗していく、そんなお話となっております。アデルが無双《むそう》の強さを発揮していく爽快《そうかい》感もそうですが、理不尽に抗《あらが》おうとする依頼者《いらいしゃ》たちとの関《かか》わりにも注目していただけると、よりお楽しみいただけるかと思います。

また、本作は既《すで》にコミカライズ版が連載《れんさい》され、配信もされております！

こちらも郡司《ぐんじ》ネムリ様の手により大変素敵《すてき》な漫画《まんが》にしていただいておりますので、ぜひお手に取っていただけると嬉しいです。


最後になりましたが謝辞を。

まずは担当のK様、本当にありがとうございます。アドバイスが丁寧《ていねい》かつ的確で、頷《うなず》くばかりでした。K様とのやり取りをいつも楽しみにさせていただいておりますので、今後ともよろしくお願い致《いた》します！

イラストを担当してくださったKeG様。素晴らしいイラスト、というだけでは表現しきれないのが心苦しいのですが、美麗《びれい》なイラストの数々を描《えが》いていただき感謝しかありません。KeG様のイラストを一番楽しみにしていたのは間違いなく私です（笑）。

本書に関わってくださった方々。皆様《みなさま》のお力が無ければ本作がこうして世に出ることはありませんでした。いくつもの大変な作業を行っていただき、ありがとうございました。

私の家族や友人にもこの場を借りて。いつも本当に支えられています。ありがとうございます。

そして、この本を手に取っていただいた読者の皆様に最大限の感謝を。少しでも面白《おもしろ》いと思っていただけましたら作者は泣いて喜びます。SNSやWEBサイトで絡《から》んでいただけたら大号泣です。

それでは、また続刊でお会いできることを願いつつ。

天池　のぞむ

DRAGON NOVELS
ドラゴンノベルス

黒衣の執行人は全てを刈り取る

2023年5月5日　初版発行

著　　者　天池《あまいけ》のぞむ

発 行 者　山下直久

発　　行　株式会社 KADOKAWA
〒102-8177　東京都千代田区富士見 2-13-3
電話 0570-002-301 (ナビダイヤル)

編　　集　ゲーム・企画書籍編集部

装　　丁　AFTERGLOW

D　T　P　株式会社スタジオ205 プラス

印 刷 所　大日本印刷株式会社

製 本 所　大日本印刷株式会社

DRAGON NOVELS ロゴデザイン　久留一郎デザイン室+YAZIRI

ISBN978-4-04-074952-5　C0093